데이비드 코퍼필드 I

일러두기

- 이 책은 Charles Dicken's 『*David Copperfield*』(Project Gutenberg, 2006)를 참고했습니다.

진형준 교수의 세계문학컬렉션

31

데이비드 코퍼필드 Ⅰ

David Copperfieldy

찰스 디킨스 지음

살림

찰스 디킨스(Charles Dickens, 1812~1870) 초상 스케치

디킨스의 나이 30세 때인 1842년 미국 여행 당시. 디킨스와 그의 여동생 파니(왼쪽 아래)의 모습을 스케치한 그림(작자 미상).

찰스 디킨스 생가 (Charles Dickens' Birthplace Museum)

영국 포츠머스 랜드포트에 위치한 찰스 디킨스의 생가로 현재는 박물관으로 사용 중이며, 옛모습을 그대로 재현하고 있다. 미 해군 지급국 직원이었던 디킨스의 아버지 존 디킨스는 1809년 여름, 아직 어렸던 어머니 엘리자베스를 포츠머스로 데려와 결혼 생활의 첫 번째 보금자리로 이곳을 임대했다. 그리고 1812년 2월 7일 디킨스는 여덟째 중 둘째로 태어났고 낭비벽이 심한 아버지로 인해 채무가 그칠 날이 없었다. 하지만 그럼에도 그는 비교적 유복한 유년기를 보냈다. 그러다 디킨스가 11세가 되던 해에 그의 가족이 런던으로 이사간 후부터 그의 불행은 시작되었다. 아버지 존 디킨스가 빚으로 인해 결국 감옥에 가게 된 후 디킨스는 돈을 벌기 위해 다니던 학교를 그만두었다. 그러고는 워렌의 구두약 공장에 들어가 열악한 환경 속에서 하루 열 시간씩 노동착취를 당하게 된다. 이때 그가 겪은 빈민층의 삶은 이후 디킨스의 작품의 기반이 되었다.

프랭크 레이놀스, 「도라 스펜로와 사랑에 빠진 데이비드(Illustration of David falling in love for Dora Spenlow)」

1911년 더 무손 북 컴퍼니(THE MUSSON BOOK COMPANY)에서 출판된 『데이비드 코퍼필드』 삽화 중 하나. 화가 프랭크 레이놀스(Frank Reynolds, 1876~1953)가 그렸다. 소설 속 캐릭터 노라 스펜로는 찰스 디킨스의 첫사랑인 마리아를 모델로 하고 있다. 디킨스는 20세 때 은행가의 딸 마리아 비드넬과 만나 사랑에 빠진다. 하지만 그가 빈털터리란 이유로 마리아의 부모는 둘의 교제를 반대했다. 그리하여 이들은 결국 마리아를 파리로 유학을 보내버렸기 때문에 둘의 사랑은 이루어지지 못했다. 이 일을 계기로 디킨스는 자신이 출세해야겠다는 의지를 더 강하게 가지게 되었다.

"산책을 하다 모퉁이를 돌았을 때, 숨이 턱 막혔다. 바로 그녀와 마주친 것이다. 지금도 그 모퉁이를 생각하면 온몸에 소름이 돋고 손에 들고 있는 펜까지 흔들릴 지경이다."

찰스 디킨스 서거 100주기 기념 우표

1970년 6월 3일 영국에서 발행한 찰스 디킨스의 저서 『피크윅 문서』 『데이비드 코퍼필드』 『올리버 트위스트』의 삽화 이미지로 제작된 한 찰스 디킨스의 서거 100주기 기념 우표. 찰스 디킨스는 해학·풍자적인 요소와 다채로운 캐릭터를 특징으로 하는 입체감 있는 내용, 특히 디킨스의 후기 소설에 나타나는 그의 경험에서 비롯된 사회비판적인 요소로 주목받았다. 그는 『위대한 유산』 『데이비드 코퍼필드』 『올리버 트위스트』 『크리스마스 캐럴』 등 다수의 소설과 함께 19세기 영국을 대표하는 유명 소설가로 이름을 남겼다.

영화 〈데이비드 코퍼필드 David Copperfield, 1935〉

1935년 1월 미국 '메트로 골드윈 메이어'에서 제작한 조지 큐커 감독의 〈데이비드 코퍼필드〉 영화의 한 장면. 왼쪽부터 바키스와 어린 데이비드, 그리고 페거티다. 조지 큐커 감독의 〈데이비드 코퍼필드〉는 소설과 다른 각색된 부분이 존재하지만, 상영 후 큰 호평을 받았다. 제작사의 말에 따르면 1935~1936년의 영국 박스 오피스에서 가장 인기 있는 영화 20번째로 자리 잡았다고 하며 「뉴욕 타임스」에서 지금까지 만들어진 1,000편의 가장 훌륭한 영화 중 하나로 선정되었다. 또한 『데이비드 코퍼필드』는 조지 큐커 감독의 영화 외에도 다섯 편의 영화, 세 편의 라디오, 다섯 편의 TV 시리즈, 두 편의 애니메이션으로도 제작되었으며 2019년에도 또 다른 〈데이비드 코퍼필드〉 영화가 개봉을 앞두고 있다.

데이비드 코퍼필드 I 차례

데이비드 코퍼필드 Ⅱ 차례

제 I 권

제 1 장

내가 세상에 태어난 날

　　　　　　　　내가 나 자신의 삶의 주인공이 될 것인가? 아니면 다른 사람이 그 자리를 차지하게 될 것인가? 이 책을 읽으면 독자들 스스로 판단할 수 있으리라.

　아예 처음부터 이야기를 시작하자. 나는 금요일 자정에 태어났다. 모두들 그렇게 말했고 내가 그것을 의심할 이유가 어디 있겠는가? 시계가 자정을 울리기 시작했을 때 나는 첫 고고(呱呱)의 성(聲)을 울렸던 것이다.

　나는 영국 동부 서퍽 주의 블룬더스톤에서 태어났다. 나는 유복자였다. 내가 세상의 빛을 향해 눈을 뜨기 6개월 전에 아버지는 눈을 감으셨다.

우리 집안의 중심인물은 고모할머니였다. 고모할머니에 대해서는 앞으로 자세히 알게 될 것이다. 언제나 이 무서운 인물에게 주눅이 들어 있던 불쌍한 우리 어머니는(어머니의 이름은 클라라였다), 고모할머니 이름을 입에 올려야 할 때면 떨리는 가슴을 겨우 진정시킨 다음에야 미스 트롯우드 또는 미스 벳시라는 이름을 입 밖에 낼 수 있었다.

　　고모할머니는 결혼했다가 이혼한 경험이 있었다. 남편은 겉모습은 아주 잘생겼지만 알고 보니 난폭한 성격이어서 부인을 때린다는 이야기가 돌 정도였다. 이혼 후 인도로 갔다는 전남편은 그곳에서 죽었다는 소문이 돌았다. 고모할머니는 이혼하자마자 처녀 때 성을 다시 써서 미스 벳시 트롯우드가 되었다.

　　아버지는 원래 고모할머니의 사랑을 듬뿍 받았었다고 한다. 고모할머니는 어머니를 한 번도 본 적이 없으면서도 어머니가 '밀랍 인형' 같다며 결혼을 반대하셨다고 한다. 그런 후 아버지와 고모할머니 사이는 틀어졌다. 결혼 당시 어머니는 채 스무 살이 되지 않았고 아버지 나이는 어머니의 두 배였다. 아버지는 건강이 좋지 않으셨고 결국 결혼 1년 만에 세상을 떠나셨다.

이것이 그 기념할 만한 금요일 오후의 상황이었다. 어머니 배 속에 들어 있던 나로서야 그때 무슨 일이 있었는지 알 도리가 없지만…… 그날 오후 어머니는 남편 없이 앞으로 태어날 아이와 어떻게 살아가야 하나 하는 걱정에 휩싸여 슬픈 얼굴로 난롯가에 앉아 있었다. 이때 창밖으로 우리 집 정원을 향해 걸어오는 낯선 부인의 모습이 눈에 들어왔다.

어머니는 고모할머니를 본 적이 없었지만 그녀가 미스 벳시임을 금방 알 수 있었다. 그녀는 다른 사람을 압도하는 특유의 당당한 걸음걸이로 정원 문을 향해 걸어오고 있었다. 아버지는 고모할머니의 행동거지가 보통 사람과는 다르다는 것을 어머니에게 넌지시 일러주곤 했던 것이다. 과연 고모할머니는 초인종을 누르지도 않고 바로 창문가로 와서는 유리창에 코를 박고 안을 들여다보았다. 가엾은 어머니가 훗날 해준 말에 따르면 어찌나 창에 코를 세게 박았는지 코가 완전히 납작하게 찌그러져 새하얗게 되었다는 것이다.

고모할머니의 이상한 행동에 어머니는 놀랐다. 내가 금요일 바로 그날에 태어난 건 바로 이 때문이라고 나는 지금도 믿고 있다.

어머니가 안에 있는 것을 본 고모할머니는 얼굴을 찡그리더니 마치 하인에게 명령하듯 문을 열라고 몸짓을 했다. 어머니는 얼른 일어나 문을 열었다.

"데이비드 코퍼필드 부인 맞지요?" 고모할머니가 어머니에게 물었다.

"네." 어머니는 힘없이 대답했다.

"난 미스 트롯우드야, 들은 적 있겠지?"

어머니는 고개를 숙이며 고모할머니를 안으로 드시라고 했다. 둘은 방금 어머니가 나온 거실로 들어갔다.

고모할머니는 어머니의 얼굴을 보고 '뭐야? 아직 어린애잖아'라고 중얼거린 후 어머니에게 물었다.

"그래, 예정일이 언제지?"

"전 무서워 죽겠어요. 꼭 죽을 것만 같아요"라고 어머니가 대답했다. 어머니는 울음을 터뜨렸다.

"차나 마시거라. 그런데 계집애 이름이 뭐지?"

"아직 아들인지 딸인지 몰라요."

"아니, 그게 아니라 하녀 이름이 뭐냐고."

"페거티예요."

"페거티? 아니 그런 괴상한 이름을 하고도 교회에 가서 세례를 받을 수 있는 거야?"

고모할머니는 거실 문을 열면서 소리쳤다.

"페거티, 차를 가져와! 네 주인마님이 아프잖아! 어서! 뭘 꾸물거려!" 고모할머니는 마치 오래전부터 이 집 주인이었던 것처럼 소리쳤다. 황급히 촛불을 들고 나타났던 페거티는 차를 준비하러 갔다.

고모할머니가 어머니에게 말했다.

"계집앨 거야. 계집애가 태어나면……."

"아들일지도 몰라요." 어머니는 기어들어가는 목소리로 말했다.

"아냐, 계집앨 거야. 내 예감은 틀림없어. 계집애가 태어나면 내가 친구가 되어줄 거야. 대모가 될 거야. 그애 이름은 벳시 트롯우드 코퍼필드라고 부르도록 해. 내가 잘 돌보며 키울 거야." 그러더니 그녀가 갑자기 물었다.

"그런데 데이비드가 연금에 가입했던 걸로 아는데……, 네게 얼마를 남겨 주었지?"

어머니는 좀 거북한 듯 대답했다.

"연 105파운드예요."

"그놈 하던 꼴을 보면 그 정도도 다행이야. 더 형편없었을 수도 나빠질 수도 있었어."

고모할머니 입에서 나온 '더 형편없어진다'는 말은 그 상황에 꼭 맞는 말이었다. 어머니 몸 상태가 정말 더 형편없어진 것이다. 차와 촛불을 들고 거실로 들어오던 페거티는 어머니 상태를 당장에 알아보고 서둘러 어머니를 2층 침실로 옮겼다. 그런 후 그녀는 마침 그 집에 와 있던 조카 햄 페거티를 시켜 의사 칠립 씨와 간호사를 불러오게 했다.

얼마 후 칠립 씨가 고모할머니에게 와서 공손히 말했다.

"부인, 축하합니다. 모든 게 다 끝났습니다. 아주 잘 끝났습니다."

"그래, 애는 어때요?" 고모할머니는 팔짱을 끼며 말했다.

"산모가 젊으니까 곧 완쾌될 겁니다. 지금 당장 만나셔도 좋습니다."

그러자 고모할머니가 날카롭게 다시 물었다.

"계집애 말이요, 새로 태어난 계집애!"

"모르셨나요? 아들입니다."

그 말을 듣자 고모할머니는 한 마디 말도 없이 모자 끈을 잡아당겨서 마치 새총을 쏠 때처럼 칠립 씨의 머리를 겨냥하더니 모자를 비스듬히 쓴 채 밖으로 나가버렸다. 그녀는 마치 성난 요정처럼 바람같이 사라지더니 다시는 그 집에 나타나지 않았다. 영원히.

그때, 나는 요람에, 어머니는 침대에 누워 있었다.

유년기의 설레는 첫 여행

　　　　　나는 관찰력이 뛰어난 어린애였고 어른이 되어서도 어릴 적 기억들을 비교적 고스란히 간직하고 있는 편이다. 나는 내가 어린 시절을 보냈던 나의 집과 집 주변을 생생하게 묘사할 수 있으며 주일마다 갔던 교회도 그려 보일 수 있다. 하지만 그런 자잘한 이야기들로 독자들을 지루하게 하고 싶지는 않다. 다만 나의 집이 '까마귀 집'이라고 불렸다는 것만 밝히기로 하자. 까마귀가 많다고 해서 아버지가 그런 이름을 붙였다고 하는데 정작 나는 까마귀를 본 적이 없다.

　어린 나에게 가장 가까웠던 사람들은 물론 아름다운 머리칼의 젊은 어머니와 볼품없는 페거티였다. 나는 페거티와 아주 친했다. 나는 페거티에게 책을 읽어주기도 했다.

어느 날 내가 페거티와 이런저런 이야기를 나누고 있을 때였다. 정원의 초인종이 울렸다. 페거티와 내가 문으로 나가 보니 어머니가 서 계셨다. 어머니는 그날따라 유난히 예뻐 보였다. 그런데 어머니 곁에 검은 머리카락에 구레나룻을 기른 신사가 서 있었다. 지난 주 일요일 예배를 마쳤을 때 우리 집까지 함께 걸어왔던 사람이었다.

어머니가 문간에서 나를 안고 입맞춤하자 그 신사는 '군주보다 더 큰 특권을 가진 꼬마로군'이라고 했던 것 같다. 그가 내 머리를 쓰다듬었다. 나는 어쩐지 그의 낮고 굵직한 목소리가 싫었다. 그리고 나를 쓰다듬는 그의 손이 어머니의 손에 닿는 것도 싫었다. 나는 있는 힘껏 그의 손을 밀어냈다.

나는 어머니의 얼굴에 그토록 아름다운 홍조가 떠오른 것을 이제까지 본 적이 없었다. 어머니는 무례한 내 행동을 가볍게 꾸짖었다. 그러더니 나를 꼭 껴안은 채 그 신사에게 지난번 집까지 데려다주어 감사하다며 손을 내밀었다. 내 기억에 따르면 페거티가 그 모습을 못마땅한 표정으로 보고 있었던 것이 분명하다.

오랜 세월이 지난 지금의 기억으로는 페거티의 매혹적인 모험 제의가 있었던 것은 바로 그다음 날이었던 것 같지만, 실제로는 아마 두어 달 지나서였을 것이다.

어머니가 외출하시고 없을 때 페거티가 내게 말했다.

"데이비 도련님, 나랑 야머스에 사는 우리 오빠 집에 가서 두 주일 정도 지내지 않겠어요? 참 재미있을 텐데. 바다도 있고 보트도 있고 큰 배도 있어요. 함께 놀아줄 '햄'도 있어요."

페거티가 이것저것 재미있는 일들을 한참 늘어놓는 바람에 나는 흥분했다. 하지만 어머니가 어떻게 생각하실지 모르겠다고 나는 그녀에게 걱정스레 말했다.

"우리가 없으면 엄마는 어떻게 해."

"아무 걱정 말아요. 어머니는 그레이퍼 부인 댁에서 두 주일 정도 지내실 예정이니까."

그렇다면 떠날 준비가 다 된 것이나 다름없었다.

우리가 출발할 날이 곧 다가왔다. 우리는 아침에 출발하는 마차를 이용하기로 했다. 마차가 도착하고 어머니가 작별 키스를 해주었을 때, 어머니의 곁과 집을 한 번도 떠나본 적이 없는 나는 울음을 터뜨렸다. 어머니도 울음을 터뜨렸다.

길에 서 있는 어머니를 뒤로하고 마차가 떠났을 때 슬퍼하는 어머니 곁으로 머드스톤 씨가 다가가서 위로하는 모습이 보였다. 나는 그 사나이가 왜 왔을까 궁금했다. 페거티도 그 모습을 뒤돌아보며 불만스런 표정을 짓고 있었다.

나는 다시는 나의 집을 되찾지 못하게 될 것임을 정말로 까맣게 모르고 있었다.

우리가 탄 마차를 끄는 말은 정말로 세상에서 제일 게으른 말이었다. 말은 고개를 숙인 채, 마치 사람들이 답답해하는 걸 즐기는 것처럼 발을 질질 끌며 걸었다. 마부도 말처럼 고개를 숙이고 마치 조는 것처럼 몸을 앞으로 기울인 채 말을 몰았다.

마차는 좁은 샛길을 여러 번 누비면서 여기저기 짐을 부려 놓았기에 그새 나는 녹초가 되었다. 그런 상태에서 야머스가 눈앞에 나타나자 나는 얼마나 기뻤는지 모른다. 강 건너 펼쳐져 있는 들판은 아주 푹신푹신한 습지 같았다. 지리책에 나와 있는 대로 지구가 둥글다면 이렇게 평평한 땅이 어떻게 있을 수 있는지 신기하기만 했다. 시내로 들어가자 생선, 담배, 콜

타르 따위의 냄새가 코를 찔렀다.

그때였다. 페거티가 갑자기 소리쳤다.

"어머, 저기 햄이지? 정말 몰라보게 컸네."

그는 술집에서 우리를 기다리고 있었다. 그가 나를 등에 업고 집까지 갔기에 우리는 금방 친해졌다. 햄은 키가 6피트(약 183센티미터)나 되는데다 몸집도 큰 건장한 젊은이였다. 하지만 웃는 얼굴에는 아직 어린 티가 남아 있었다. 숱이 별로 없는 검은 머리는 그를 양처럼 보이게 만들었다. 그는 천막 천으로 만든 상의를 입고 있었고 다리를 집어넣지 않아도 저 혼자 서 있을 정도로 빳빳한 바지를 입고 있었다. 머리에는 모자를 쓰고 있었지만 모자라기보다는 낡은 건물 꼭대기의 지붕 같다고 하는 게 나았다.

햄은 나를 등에 업고는 우리가 가져온 가방을 들었다. 페거티도 작은 가방을 하나 들고 걸었다. 우리는 꼬불꼬불한 길을 돌고, 모래 언덕을 넘었다. 온갖 작업장, 공장 같은 것들이 있는 곳을 지나 아까 멀리서 보았던 습지에 도착했다. 그러자 햄이 말했다.

"데이비 도련님, 저기 있는 게 우리 집이에요."

그 말에 나는 이리저리 고개를 돌려보았다. 하지만 집 같은 것은 보이지 않았다. 그리 멀지 않은 곳에 낡고 헐어서 못쓰게 된 나룻배 같은 게 땅바닥에 놓여 있는 것이 눈에 띄었을 뿐이다. 배 위로 튀어나온 쇠로 된 굴뚝에서 평화롭게 연기가 피어오르고 있었다.

"저거 말이야? 저 배처럼 보이는 거?" 내가 말했다.

"맞아요, 데이비 도련님." 햄이 대답했다.

나는 금방 낭만적인 생각에 사로잡혔다. 괴물같이 큰 새가 낳은 알이나 알라딘 궁전이 내 앞에 있었다 하더라도 그만큼 나를 매혹시키지는 못했을 것이다. 그 배에는 문도 있었고 버젓이 지붕이 덮여 있었으며 작은 창문도 몇 개 뚫려 있었다.

그러나 그 집이 무엇보다 나를 매혹시킨 것은 그 집이 진짜 배라는 사실이었다. 저 집은 물 위를 수백 번 떠다녔을 것이며, 결코 집으로 쓰기 위해 만들어지지는 않았을 것이다. 저 배가 애당초 집으로 쓰기 위해 만들어진 것이라면 비좁고 불편한데다 다른 집들과 너무 멀리 떨어져 있다고 생각했을 것이다. 하지만 저건 엄연히 배였다. 그래서 오히려 너무 매혹적인 집으로 여겨졌다.

집 안은 깨끗했고 흠잡을 데 없이 정돈되어 있었다. 나는 집 안을 둘러보았다. 벽에는 그림 몇 점이 걸려 있었고 어디에 쓰는지 내가 알 수 없는 물건들이 걸려 있었다.

페거티는 작은 문을 열더니 내 침실을 보여주었다. 창이 하나 나 있는 아담한 방이었다. 내가 정말로 갖고 싶어했던 완벽한 침실이었다.

이렇게 재미있는 집에서 딱 한 가지 신경에 거슬리는 것은 끊임없이 내 코를 자극하는 비린내였다. 콧물을 닦으려고 손수건을 꺼내니 거기서도 비린내가 풍겼다. 페거티는 자기 오빠가 새우, 게, 가재 장사를 하기 때문에 나는 냄새라고 했다. 얼마 뒤 나는 작은 헛간에서 그런 것들이 잔뜩 쌓여 있는 것을 볼 수 있었다.

우리가 그 집에 도착했을 때 우리를 맞이한 것은 흰 앞치마를 두른 친절한 부인이었다. 그리고 푸른색 구슬 목걸이를 한 귀엽고 예쁘장한 계집애도 우리를 맞아주었다.

우리는 가자미, 녹인 버터, 감자 등으로 식사를 했다. 나를 위해 준비한 구운 고기도 있었다. 푸짐한 저녁을 먹고 나자 털

북숭이 사내가 한 명 나타났다. 사나이는 페거티를 '아기'라고 부르면 볼에 정겹게 입을 맞추었다. 그는 페거티의 오빠 페거티 씨였다.

그가 내게 말했다.

"뵙게 돼서 반갑습니다. 도련님, 보다시피 좀 누추합니다만 내 집이라 여기고 편히 지내세요."

차를 마시며 편하게 앉아 있자니 세상에 이렇게 아늑한 보금자리는 없는 것 같았다. 근처에 집이 하나도 없는데다 그것도 배로 만든 집 안에 들어 있다고 생각하니 마치 마법의 나라에 온 것처럼 황홀했다.

우리를 맞아준 부인은 난로 맞은편에서 뜨개질을 하고 있었으며 에밀리(꼬마 아가씨의 이름은 에밀리였다)는 둘이 앉기에 꼭 알맞은 장롱 위에 나랑 둘이 앉아 있었다. 페거티 씨는 담배를 피우고 있었다. 내가 그에게 먼저 말을 걸었다.

"페거티 씨, 이런 배 안에 살고 있어서 아들 이름을 햄이라고 지은 건가요? 노아의 아들 이름이 햄이잖아요."

페거티 씨는 내 말을 진지하게 생각하는 것 같더니 아주 간단하게 대답했다.

"그 이름은 내가 지은 게 아닙니다."

"그럼 누가 지은 건가요?"

"그야, 그 애 아버지가 지은 거지요."

"아저씨가 아버지인 줄 알았는데."

"햄은 내 형 조의 아들이에요."

나는 잠시 침묵을 지킨 후 정중하게 물었다.

"그분은 돌아가셨나요, 페거티 씨?"

"바다에 빠져 죽었어요."

나는 에밀리에게 눈길을 주며 말했다.

"꼬마 에밀리는 아저씨 딸이지요?"

"아뇨, 제 매부 톰의 딸이에요. 역시 바다에 빠져 죽었어요. 둘 다 고아입니다."

나는 더 이상 물으면 안 될 것 같았지만 내친김에 또다시 입을 열었다.

"아저씨에게는 자식이 없나요, 페거티 씨?"

"없습니다. 나는 노총각이에요."

그 말을 하면서 그는 짧게 웃었다.

나는 놀라서 물었다.

"그렇다면 저분은 누구세요?" 나는 앞치마를 두르고 뜨개질하는 부인을 가리켰다.

"저분은 거미지 부인이지요."

놀란 내가 다시 입을 열려고 하자 페거티가 더 이상 묻지 말라고 내게 눈짓을 했기에 나는 꾹 참았다.

잠자리에 들 시간이 되자 페거티는 내 방에서, 햄과 에밀리는 어릴 때 고아가 되자 오빠가 양자와 양녀로 삼았고 거미지 부인은 가난하게 살다 간 동료 선원의 미망인이라고 내게 말해주었다. 그녀가 내 입을 막은 것은, 누구든 페거티 씨에게 그의 선행에 대해 말을 꺼내기라도 하면 불같이 화를 내기 때문이라는 것이었다. 심지어는 이 집에서 영원히 쫓겨날 것이라며 탁자를 내리치기도 한다는 것이었다.

잠자리에 눕자 세차게 몰아치는 바람 소리에 겁이 나기도 했지만 페거티 같은 사람이 함께 있다는 것에 안심이 되었다.

나는 아무 일도 없이 아침을 맞이했다. 굴 껍데기로 장식한 거울에 햇빛이 비치자마자 나는 벌떡 일어나 꼬마 에밀리와 바닷가로 나가 조약돌을 주웠다. 나는 에밀리에게 말했다.

"너는 배를 잘 타겠지?"

에밀리는 고개를 가로저으며 말했다.

"아니, 나는 바다가 무서워."

"바다가 무섭다고?"

"응. 나는 바다가 지금 우리 집처럼 큰 배를 산산이 부숴버리는 것을 보았어. 난 아버지도 본 적이 없어."

우연의 일치였다. 나는 에밀리에게 나도 아버지를 못 보았다고 말했다. 하지만 나와 에밀리는 조금 달랐다. 에밀리는 아버지보다 어머니를 먼저 잃었다. 그리고 나와는 달리 아버지의 무덤도 없었다. 에밀리가 조개껍데기와 조약돌을 찾으며 말했다.

"네 아버지는 신사고 어머니는 숙녀지만 우리 아버지는 어부였어. 그리고 어머니는 어부의 딸이었어. 댄 아저씨도 어부이고."

댄 아저씨는 바로 페거티 씨였다. 그의 이름은 대니얼 페거티였다.

"아저씨는 좋은 분 같아."

"좋은 분? 그래 맞아. 내가 부잣집 사모님이 되면 아저씨에게 다이아몬드가 달린 하늘색 윗도리, 비단으로 된 빨강 조끼에 삼각모자, 커다란 금시계, 은색 파이프, 보석상자 같은 것들을 드릴 거야."

"그래, 아저씨는 그런 걸 받을 만해. 그런데 너, 귀부인이 되고 싶니?"

에밀리는 나를 바라보고 소리 내어 웃으며 "그래!"라고 대답했다.

"잘살게 되면 댄 아저씨, 햄, 거미지 부인이 걱정 없이 살 수 있도록 도울 거야."

우리는 멀리까지 산책하면서 신기해 보이는 것도 줍고 불가사리를 바다로 돌려보내주기도 했다. 우리는 이윽고 집으로 향했다. 우리는 헛간 그늘에 숨어 천진난만하게 입을 맞추었다. 그리고 기쁨에 찬 얼굴로 아침 식사를 하러 집 안으로 들어갔다.

내가 에밀리를 사랑하게 된 것은 물론이다. 나는 푸른 눈동자의 어린애를 나의 어린애다운 상상력으로 천사로 만들었다. 만약 어느 화창한 날, 그 애가 조그마한 날개를 펴고 날아갔더라도 나는 조금도 이상하게 생각지 않았을 것이다.

나는 얼마 지나지 않아 거미지 부인이 생각만큼 붙임성이 있는 사람은 아니라는 것을 알게 되었다. 거미지 부인은 자신의 불운한 처지를 자주 한탄하며 눈물을 훌쩍여서 이 조그만 집에 사는 사람들을 힘들게 했다. 나는 그녀가 불쌍했지만 그녀가 혼자 쉴 수 있는 방이 따로 있어서 거기서 혼자 자기 맘을 추스를 수 있게 하면 좋겠다는 생각을 자주 하곤 했다.

그녀는 "나는 기댈 데 없는 외로운 존재야. 하는 일마다 제대로 되는 게 없어"라고 불평했으며 따뜻한 자리에 앉아서도 자기만 추운 데 있다고 투덜거렸다. 그러면 페거티 씨는 그녀를 따뜻하게 위로하곤 했다. 그런 후 그는 나와 누이동생에게 속삭였다.

"부인은 아직 고인을 잊지 못해서 저러는 거야."

이렇게 2주일이 순식간에 지나갔다. 어린 나이에 특별한 것들을 맛볼 수 있었던 그곳에서 보낸 생활은 내게 더없이 소중한 추억이 되었다. 나는 그 뒤로 야머스라는 이름을 듣게 되면 교회에서 울려 퍼지는 종소리, 내 한쪽 어깨에 몸을 기대고 있는 에밀리, 한가롭게 물에 돌을 던지는 햄, 짙은 안개에 가려

흐릿하게 보이던 바다 저 멀리 배들이 한 폭의 그림이 되어 순식간에 떠오른다.

하지만 마침내 집으로 돌아갈 날이 오고 말았다. 다른 사람들과 헤어지는 것은 참을 수 있었지만 에밀리를 두고 떠나는 것만은 가슴이 아팠다. 나는 그 애의 팔짱을 끼고 마차가 기다리고 있는 곳으로 가면서 편지하겠다고 약속했다.

이번 여행에서 나는 집에 대한 생각은 까맣게 잊고 있었다. 그러나 막상 집으로 돌아간다고 생각하니 온 신경이 집 쪽으로 향했다. 집이 점점 더 가까워지자 나는 한시라도 빨리 어머니 품으로 뛰어들고 싶다는 생각뿐이었다.

우리는 블룬더스톤의 '까마귀 집'에 도착했다. 아, 그날을 어찌 잊으랴! 금방이라도 비가 쏟아질 것처럼 음산했던 그날 오후를!

문이 열렸다. 나는 흥분해서 어머니를 찾았다. 그러나 나를 맞이한 것은 어머니가 아니라 낯선 하녀였다.

나는 울먹이며 페거티에게 말했다.

"엄마가 아직 안 온 거야?"

"아니 그게 아니라……."

"페거티, 엄마에게 무슨 일이 있는 거야? 엄마가 돌아가신 거야? 빨리 말해!"

페거티는 깜짝 놀란 표정을 지었다.

"돌아가시다니요?"

그러더니 그녀는 눈물이 그렁한 나를 부엌으로 데려가더니 문을 닫았다.

그녀가 내게 말했다.

"도련님, 미리 이야기했으면 좋았을 것을…… 그럴 기회가 없었어요."

"무슨 일인데, 빨리 말해줘."

나는 거의 쓰러질 것 같았다. 온몸이 벌벌 떨리고 얼굴이 창백해졌다. 무언가 무시무시한 일이 벌어진 것 같았다.

"데이비 도련님, 새아빠가 생겼어요."

"엉? 새아빠라고?"

페거티는 몹시 괴로워하더니 내 손을 잡으며 말했다.

"자, 가서 새아버지를 만나고 와요."

"싫어!"

"어머니도 만나야 하잖아요. 자, 어서 가요."

그 말에 나는 고집을 꺾었다. 나를 거실로 데려간 뒤 페거티는 나가버렸다. 난로 한쪽에 어머니가 다른 한쪽에는 머드스톤 씨가 앉아 있었다. 어머니가 뜨개질을 멈추고 벌떡 일어섰다. 그런 어머니 행동이 내게는 어딘가 어색해 보였다.

머드스톤 씨가 말했다.

"자, 클라라, 내가 한 말을 잊으면 안 돼. 진정해요. 마음을 가라앉히라니까. 언제나 마음을 억누를 줄 알아야 해요. 애야, 잘 지냈니?"

머드스톤 씨가 내게 인사하자 나는 그와 악수했다. 그러곤 잠시 망설이다가 어머니에게 가서 키스했다. 어머니도 내게 입을 맞춘 후 어깨를 쓰다듬었다. 그런 후 다시 의자에 앉아 하시던 일을 계속하셨다.

나는 엄마의 얼굴도 새아빠의 얼굴도 차마 바라볼 수 없었다. 하지만 머드스톤 씨가 나와 어머니의 얼굴을 똑바로 바라보고 있다는 것은 알 수 있었다.

불행에 빠지다

　　　다음 날 우리는 셋이 함께 저녁을 들었다. 머드스톤 씨는 어머니를 무척 좋아하는 것 같았다. 그렇다고 그에게 호감이 갈 리는 없었다. 어머니도 그를 좋아하는 것이 틀림없었다.

　어머니와 그가 주고받는 말을 들으니 머드스톤 씨의 누님이 우리와 함께 살기 위해 오늘 도착한다는 것이었다. 그 이야기를 들은 지 얼마 되지 않아 마차 한 대가 대문에 도착했다. 머드스톤 씨가 손님을 맞으러 밖으로 나갔고 나도 어머니의 뒤를 따랐다. 어머니는 머드스톤 씨가 보지 못하는 사이 나를 껴안으며 새아버지를 사랑하고 그의 말을 따르라고 속삭였다.

마치 들키면 안 되는 나쁜 짓이라도 하는 것 같았다.

　미스 머드스톤은 동생처럼 거무스레한 얼굴이었으며 목소리까지도 동생과 똑 닮았다. 게다가 표정은 얼마나 음산했던지! 눈썹이 매우 짙어서 마치 코와 맞닿아 있는 것 같았다. 마치 자신이 여자라서 구레나룻을 기를 수 없으니 눈썹으로 대신하려는 것 같았다. 그녀가 들고 온 두 개의 검은 상자 위에는 그녀 이름의 머리글자가 놋쇠 못으로 박혀 있었다. 그녀는 쇠로 된 딱딱한 지갑에서 돈을 꺼내어 마부에게 지불하고는 팔에 걸려 있는 무거운 가방에 지갑을 집어넣고 가방을 닫았다. 꼭 교도소 철문을 닫는 것 같았다. 나는 그렇게 온몸을 금속으로 치장한 여자는 지금까지도 본 적이 없다.

　그녀는 온갖 환대를 받으며 거실로 안내되었다. 그녀는 어머니가 새 가족이 된 것을 진정으로 환영한다고 격식을 갖춰 말했다. 그녀는 나를 보고 말했다.

"저 애가 아들이군, 올케?"

　어머니가 그렇다고 대답하자 그녀가 내게 인사말을 건넸다. 나는 마지못해 형식적으로 몇 마디 인사를 했다. 그러자 그녀가 말했다.

"이래서 난 사내아이를 별로 좋아하지 않아. 게다가 제대로 배워먹지도 못한 애잖아."

잠시 후 그녀는 자기 방으로 안내되었다. 그녀는 아예 이곳에 살기 위해 온 것이 틀림없었다.

다음 날 아침부터 그녀는 이른바 어머니를 '돕기' 시작했다. 하루 종일 창고를 들락날락했고 물건들을 정리했다. 하지만 말이 정돈이지 이제까지의 질서를 모두 헝클어뜨린 셈이었다. 그러면서 그녀는 어머니에게 말했다.

"클라라, 나는 올케 수고를 덜어주기 위해 여기 온 거야. 열쇠들을 내게 맡길 수 있어? 앞으로 집안일은 내가 다 돌볼 테니."

그날 이후로 미스 머드스톤 양은 열쇠들을 그녀의 감방 같은 가방에 넣어두었고 밤이면 베개 밑에 두고 잠을 잤다. 그때부터 우리 집 실권은 그녀에게 넘어갔다. 어머니가 때로 머드스톤 씨에게 이 집은 자기 집이라며 너무한 것이 아니냐고 항의했지만 머드스톤 씨는 그런 어머니를 오히려 이상하다며 '마음 단단히 먹으라'고 충고했다. 무슨 일이건 단호하게 일을 처리하는 것, 그것이 이들 남매의 특성이었다.

내 신상에 큰 변화가 오고 있었다. 나를 기숙학교에 보내겠다는 이야기가 이들 남매의 입에서 나오기 시작한 것이다. 어머니도 찬성하셨다. 그러나 확실한 결정이 나기 전까지 나는 집에서 공부를 하게 되었다. 명목상으로는 어머니가 내 교육을 맡았지만 실질적으로는 머드스톤 남매가 모든 것을 주도했다.

이때부터 나는 공부가 싫어졌다. 어머니와 단둘이 있을 때면 나는 공부가 좋았다. 알파벳 모양이 재미있어서 금방 글자와 친해졌으며 어머니의 부드러운 목소리에 이끌려 힘차게 배움을 향한 걸음을 옮겼었다.

하지만 새롭게 시작된 엄숙한 공부가 내 마음의 평화를 깨뜨렸다. 완전히 고역이었고 나를 슬프게 만드는 공부였다. 단 하루의 일만 예로 들어도 내가 얼마나 힘들어했는지 쉽게 이해할 수 있을 것이다.

나는 아침 식사를 한 후 책과 연습장과 석판을 들고 거실로 들어간다. 어머니는 책상에 앉아 나를 기다리고 있다. 하지만 진짜로 나를 기다리고 있는 사람들은 머드스톤 남매였다. 머드스톤 씨는 책을 읽고 있는 척했지만 내심 나를 기다리고 있었으며 미스 머드스톤이 어머니 곁에서 강철 구슬을 꿰고 있었다. 두 남매를 보는 순간 나는 열심히 노력해서 외웠던 단어들이 머릿속에서 전부 달아나버리는 것을 느꼈다. 도대체 내 머리에 들었던 것들이 어디로 달아나버리는 걸까?

나는 우선 교과서를 어머니께 건넨다. 문법책일 때도 있고 역사책이나 지리책일 때도 있다. 나는 어머니가 보고 있는 가운데 내가 외워야 할 곳을 외우기 시작한다. 한 군데 실수를 한다. 그러면 머드스톤 씨가 고개를 들고 나를 쳐다본다. 또다시 실수를 하면 이번에는 미스 머드스톤이 고개를 들어 나를 바라본다. 그렇게 되면 나는 더 이상 외울 수가 없어 그대로 멈춰버린다.

어머니는 어쩔 줄 모르고 "오 데이비, 오 데이비"만 연발할 뿐이다. 그러면 머드스톤 씨가 말한다.

"이봐요, 클라라, 그놈의 데이비, 데이비 소리 좀 집어치워요. 중요한 건 저 애가 공부를 제대로 했느냐 아니냐, 이거요."

그 정도 되면 나는 그만 멍해진다. 그리고 정작 그가 중요하다고 말하는 공부는 내 관심에서 멀어진다. 그리고 미스 머드스톤이 머리에 걸친 망사 길이는 얼마나 될까, 머드스톤 씨의 실내복 값은 얼마나 할까, 하는 엉뚱한 생각만 들기 시작한다. 그리고 지난번에 외웠던 것도 다 까먹기 시작한다. 몇 번 그러고 나면 결국 해야 할 숙제가 눈덩이처럼 쌓이기 시작하고, 공부할 분량이 많아지면 많아질수록 나는 더 멍청해졌다.

어머니는 그런 내가 안쓰러워 몰래 내게 귀띔을 해주려 할 때도 있었다. 그러나 마치 그 순간을 기다렸다는 듯 미스 머드스톤이 "아니, 클라라!" 하고 경고를 한다. 어머니는 깜짝 놀라서 얼굴만 붉힐 뿐이었다. 그러면 머드스톤 씨가 의자에서 일어나 내 책을 집어 들고 내게 던지거나 그 책으로 내 뺨을 갈기고 나서 나를 거실에서 내쫓았다.

어쩌다 암기 테스트가 무사히 끝났을 때도 끔찍하기만 한 산수 문제가 나를 기다리고 있었다. 머드스톤 씨가 직접 창안한 것으로 그가 직접 테스트를 했다.

"치즈 가게에서 한 개에 4.5펜스인 글로스터 치즈를 5,000개 산다면 얼마를 내야 하지?"

나는 아무리 애를 써도 답을 찾지 못한다. 나는 계산하느라 석판 가루를 온몸에 뒤집어써서 온몸이 혼혈아처럼 시커멓게 된다. 그런 저녁이면 빵 한 조각으로 저녁을 때워야 했지만 그 치즈 문제에서 벗어나게 된 것만이 반가울 뿐이었다.

이제는 옛이야기가 되었지만 머드스톤 남매의 이상한 교육이 내 공부를 망쳤다. 이들이 아니었다면 어릴 적 내 공부는 훨씬 순조로웠을 것이다. 이들은 꼭 어린 새를 노려보는 독사 같았다. 이들은 내가 노는 꼴을 두고 보지 못했다. 따라서 내 또래 친구들과도 전혀 어울리지 못했다. 머드스톤 남매의 우울한 종교적 신념에 따르면 애들이란 어린 독사무리였다. 애들을 한데 어울리게 했다가는 악에 물들게 된다는 것이 이들의 지론이었다.

이런 식의 교육이 6개월 이상 진행되다보니 나는 우울해지고 내성적으로 변해갔다. 날이 갈수록 어머니에게서 멀어진다는 생각이 더욱 나를 그렇게 만들도록 부채질했을 것이다. 그때 내게 위안거리가 없었다면 나는 완전히 바보가 되었을 것이라 지금도 생각하고 있다.

내 위안거리란 아버지가 2층 작은방에 남겨두신 약간의 책들이었다. 그 방은 내 방 바로 옆이라서 나는 자유롭게 그곳에 드나들 수 있었다. 나는 그곳에서 아버지가 갖고 계셨던 소설책들을 주로 읽었다. 이 책들은 내 상상력을 키워주었고 내게 희망을 주었다. 나는 머드스톤 남매를 책 속에 나오는 나쁜 사람들로 생각하며 위안을 삼았다. 소설책들 외에 나는 항해와 여행에 관한 책들도 좋아했다. 오로지 이 책들만이 나를 위로 해주었다.

어느 날 아침이었다. 여느 때와 마찬가지로 나는 책을 들고 거실로 들어갔다. 어머니는 근심스런 표정을 하고 있었고 미스 머드스톤이 굳은 표정으로 옆에 앉아 있었다. 그런데 이전에 보지 못하던 물건을 머드스톤 씨가 들고 있었다. 헝겊을 감은 막대기였다.

그가 어머니에게 말했다.

"클라라, 나도 어릴 때 자주 매를 맞았어."

그러더니 그가 내게 말했다.

"자, 데이비드, 오늘은 좀 더 정신 차려야 할 거다."

그러면서 그는 막대기를 휘둘렀다. 그는 막대기를 옆에 놓더니 책을 집어 들었다.

내 심장은 요란하게 요동치기 시작했다. 나는 암기했던 것이 한두 줄, 한두 페이지가 아니라 아예 몽땅 내 머리에서 빠져나가는 것을 느꼈다. 어떻게든 붙잡아보려고 애를 썼지만 마치 썰매가 미끄러지듯이 유유히 내 머리에서 빠져나갔다.

결과는 참담했다. 예습도 충분히 하고 자신 있게 들어왔건 만 실수는 산처럼 쌓여갔다. 드디어 5,000개의 치즈를 계산하는 문제에 이르자 초조하게 그 모습을 지켜보시던 어머니가 울음을 터뜨렸다.

머드스톤 씨는 엄한 목소리로 어머니를 꾸짖더니 내게 말했다.

"너, 나랑 2층으로 가자."

머드스톤 씨는 나를 데리고 천천히 내 방으로 향했다. 아주 엄숙한 걸음걸이와 표정이었다. 그는 내 방에 들어서자 갑자기 내 목을 옆구리에 꽉 끼었다. 나는 거세게 저항하며 그에게 엉겨 붙었다. 그러자 그가 내 머리를 거세게 움켜쥐더니 엉겨 붙은 나를 떼어내고 매질을 하려 했다. 그 순간 나는 나를 잡고 있는 그의 손을 세차게 깨물어버렸다. 지금 생각해도 오싹 소름이 돋을 정도로 온 힘을 다해 깨문 것이다.

그러자 그가 나를 마치 죽이려는 듯이 때리기 시작했다. 그러자 요란스러운 소리를 내며 어머니와 페거티가 계단을 뛰어 올라왔다. 머드스톤 씨는 어머니와 페거티를 강제로 내쫓더니 자기도 밖으로 나갔다. 그러더니 방문을 잠가버렸다. 나는 마루에 그대로 누워 있었다. 몸은 상처투성이였으며 화도 나고 눈물도 나왔다.

얼마 후 나는 겨우 일어나서 거울에 얼굴을 비춰보았다. 벌겋게 부어오른 얼굴이 기절할 정도로 보기 흉했다. 맞은 자국이 쓰렸다. 다시 울음이 터져 나왔다. 하지만 나는 아직 순진한 어린아이였다. 사람을 물다니! 나는 내가 큰 죄를 지은 것 같았다. 나는 매를 맞은 아픔보다는 죄책감에 더 시달렸다.

나는 그날 온종일 방에 처박혀 있었다. 날이 어두워지자 미스 머드스톤이 약간의 빵과 고기와 우유를 가지고 들어왔다. 그녀는 음식을 탁자 위에 놓고 말없이 나를 노려보다가 밖으로 나갔다. 나는 옷을 벗고 잠자리에 누웠다.

다음 날 아침 눈을 떴을 때는 그냥 마음이 편안했으며 기분이 좋기까지 했다. 하지만 어제의 쓰린 기억이 되살아나자 곧 우울해졌다. 내가 잠자리에서 일어나기도 전에 미스 머드스톤이 내 방에 나타나, 30분 동안 뜰을 산책해도 좋다고 말하고는 방문을 잠그지 않고 사라졌다.

그 형벌은 닷새 동안 계속되었다. 나는 매일 아침 30분씩 산책하는 것 외에는 내 방에 갇혀 있었다. 만일 어머니를 볼 수 있었다면 나는 어머니에게 달려가 무릎을 꿇고 잘못했다고 빌었을 것이다. 그러나 닷새 동안 미스 머드스톤 외에는 아무도 보지 못했다.

나에게 그 닷새가 얼마나 길고 지루하게 여겨졌는지 그 누구도 실감할 수 없을 것이다. 마치 5년이 지난 것 같았다.

내 감금생활의 마지막 밤, 속삭이는 듯 나지막하게 내 이름을 부르는 소리에 나는 잠에서 깨어났다. 나는 문까지 더듬더듬 걸어가서 열쇠 구멍에 입술을 대고 속삭였다.

"페거티야? 페거티지, 그렇지?"

페거티였다. 그녀가 대답했다.

"예, 나예요. 생쥐처럼 조용해야 해요. 고양이가 깨면 안 되니까요."

고양이는 바로 미스 머드스톤을 말하는 것임을 나는 금세 알아차렸다.

"페거티, 엄마는 어떠셔? 나 땜에 화 많이 나셨지?"

열쇠 구멍 저쪽에서 페거티가 훌쩍이는 소리가 들려왔다.

"아뇨, 그렇게 화가 나시진 않았어요."

"그런데 나를 어떻게 할 거래?"

"학교에…… 런던 근처의…….”

"언제?”

"내일.”

"내일, 엄마도 보지 못하고 떠나는 거야?”

"아뇨, 내일 아침에 어머니는 만나게 될 거예요. 데이비 도련님, 나를 잊지 마세요. 나는 절대로 도련님을 잊지 않을 거예요. 어머니는 걱정 마세요. 제가 잘 돌봐드릴 거예요. 도련님께 편지할게요.”

"고마워, 페거티. 정말 고마워. 내게 한 가지만 약속해주겠어? 페거티 집 사람들에게 내가 나쁜 애가 아니라고 「편지」를 써줘. 특히 에밀리에게 내 사랑을 보낸다고 말해줘.”

마음 착한 페거티는 그러겠다고 내게 약속했다. 우리는 열쇠 구멍에 대고 다정하게 입을 맞추었다. 이날 밤부터 페거티에 대한 깊은 애정이 내 마음속에서 생겨나 자라게 되었다. 물론 페거티가 어머니를 대신할 수는 없었다. 그러나 그녀는 내 마음 빈 곳을 메워주었다. 그리고 다른 사람에게서는 전혀 느낄 수 없었던 감정을 그녀에게서 느꼈다.

아침이 되자 미스 머드스톤이 나타났다. 그녀는 내가 학교에 가게 되었다고 말했다. 내가 별로 놀라지 않자 그녀가 이상하게 생각하는 것 같았다. 나는 거실에서 어머니를 만났다. 어머니의 얼굴은 창백했고 눈은 빨갛게 충혈되어 있었다. 나는 어머니 품으로 달려가 진심으로 용서를 빌었다.

"오, 데이비, 엄마가 좋아하는 사람을 다치게 하다니! 제발 착한 애가 되어라. 이번만은 용서할게. 데이비, 네가 그렇게 무서운 아이였다니 엄마 마음이 슬프구나."

머드스톤 남매가 나를 사악한 놈으로 만들어놓는 데 성공한 것이 틀림없었다. 어머니는 나와 헤어진다는 사실보다 그 일을 더 슬퍼하고 있었다. 나도 정말 슬펐다. 아침 식사를 하는 도중 눈물이 빵에도 떨어지고 찻잔에도 떨어졌다. 어머니는 미스 머드스톤의 감시의 눈을 피해 나를 가끔 바라보다가 눈길을 다른 곳으로 돌리곤 했다.

대문 밖에서 마차소리가 들렸다. 나는 페거티의 모습을 찾았지만 그녀는 보이지 않았다. 머드스톤 씨도 나타나지 않았다. 문 앞에 앞서 내가 처음 여행할 때 보았던 낯익은 짐꾼이 기다리고 있다가 내 짐 상자를 마차에 실었다.

어머니가 내게 말했다.

"데이비, 잘 가거라. 이게 다 너를 위해서란다. 방학 때는 돌아오너라. 공부 열심히 해야 해."

내가 마차에 오르자 그 느림보 말이 마차를 끌고 걸음을 옮기기 시작했다.

제
2
장

유배생활을 시작하다

우리가 반 마일(약 800미터)쯤 갔을 때 마차가 갑자기 멈추었다. 내 손수건은 눈물로 흠뻑 젖어 있었다. 마차가 왜 멈추었는지 밖을 내다보고 나는 깜짝 놀랐다. 페거티가 어떤 집 울타리로부터 쏜살같이 달려오더니 마차에 뛰어오르는 것이 아닌가! 그녀는 나를 으스러지도록 껴안았다. 코가 짓눌려 아플 지경이었다.

페거티는 한 마디 말도 하지 못했다. 그녀는 한 손을 자기 주머니에 넣어 과자 봉지 몇 개를 꺼내 내 주머니에 넣어주었다. 그리고 지갑을 꺼내 내 손에 쥐어주었다. 그런 다음 말 한 마디 없이 나를 으스러지게 껴안더니 마차에서 뛰어내려 가버렸다. 바닥에는 그녀 윗도리의 단추가 몇 개 떨어져 있었다. 나는 그것들 가운데 하나를 집어 주머니에 넣었다. 나는 그 단추를 기념물로 오랫동안 간직했다.

나는 울지 않았다. 그동안 하도 많이 울었기 때문이다. 또한 아버지 서재에서 읽은 책 속의 훌륭한 제독 같은 사람들은 절대로 울지 않았다는 사실을 떠올리며 울음을 참았다.

마음이 안정되자 나는 지갑을 열어보았다. 딱딱한 가죽으로 된 지갑이었다. 지갑 안에는 반짝이는 은화 세 닢이 들어 있었다. 그중 종이에 싼 두 닢은 나를 정말 기쁘게 했다. 종이에 어머니가 직접 "사랑하는 데이비에게"라고 써놓으셨던 것이다. 그러자 다시 눈물이 나왔다.

그 무뚝뚝한 마부 이름은 바키스 씨였다. 바키스 씨에게 어디까지 이 마차로 갈 거냐고 물으니 야머스까지 간 다음, 다른 역마차를 타고 런던까지 가게 될 것이라고 대답했다.

무뚝뚝한 바키스 씨가 그 정도 말을 하는 것도 고마운 일이라서 나는 그에게 고마움의 표시로 과자를 주었다. 그는 코끼리처럼 단숨에 집어 삼켰다.

"이 과자, 그 여자가 만든 거군요."

"페거티 말이에요, 아저씨?"

"그래요, 그 여자요."

"그럼요, 과자랑 파이도 만들어요. 우리 집 요리는 페거티가 다 해요."

"그래요? 그럼 스위트하트는 있나요?"

나는 과자 이야기를 하는 줄 알았다. 내가 스위트미트도 만들 줄 안다고 하자 그가 말했다.

"애인 말이에요. 페거티와 함께 다니는 남자가 없느냐 이 말이에요."

"없어요. 페거티에겐 애인이 없어요."

"그래, 그 여자가 빵과 요리를 다 한다 그 말이지요? 도련님, 그 여자에게 분명 「편지」를 쓰겠지요?"

"물론이지요."

"그렇다면 페거티에게 「편지」를 보낼 때 한 마디만 더 써주세요. '바키스 씨가 마음이 있다.' 그 말이면 돼요.

"'바키스 씨가 마음이 있다.' 그게 다예요?"

"그, 그래요. 그거면 돼요."

나는 바키스 씨는 블룬더스톤으로 분명히 돌아갈 것이고

그러면 자기가 직접 전하면 될 걸 왜 내게 부탁하는지 의아했다. 하지만 나는 선선히 그의 부탁을 들어주기로 작정했다.

우리는 야머스에 도착했다. 여인숙 뜰에서 바라본 그곳의 모습은 너무나 낯설었다. 어쩌면 페거티 씨 가족과 에밀리를 만날 수 있으리라고 은근히 품었던 희망이 사라졌다.

나는 여인숙으로 들어갔다. 번쩍번쩍하는 역마차 한 대가 마당에 있었다. 아직 말은 매어놓지 않은 상태였다. 내가 안으로 들어서자 주인 여자가 내 신분을 확인하고는 벨을 울려 종업원을 불렀다. 바키스 씨는 고개를 끄떡끄떡하며 다시 마차를 몰고 돌아갔다.

종업원은 나를 식당으로 안내했다. 나는 내 식사를 그와 함께 들었다. 하지만 사실을 말하자면 내 음식을 그가 거의 다 먹어버렸다. 그가 너무 음식을 부럽게 바라보는 것이 안쓰러웠기 때문이다. 나는 그에게 펜과 종이를 빌려달라고 했다. 나는 페거티에게 「편지」를 썼다.

사랑하는 페거티에게,

나는 야머스에 무사히 도착했어요. 바키스 씨가 페거티

에게 마음이 있대요. 엄마에게 내 소식 전해줘요. 안녕.

추신: 바키스 씨가 마음이 있다는 말을 「편지」에 꼭 써

달라고 했어요.

「편지」를 쓰는 동안 종업원은 나를 지켜보고 있다가 내게 어느 학교로 가느냐고 물었다.

"런던 근처에 있는 학교예요. 세일렘 학교래요."

그러자 그가 말했다.

"저런 그거 안됐군요."

"뭐가요?"

"거긴 학생 갈비뼈를 두 대나 부러뜨린 적이 있는 학교예요. 아주 어린 소년이었는데…… 그런데 도련님은 나이가 몇 살이지?"

"여덟 살 반이에요."

"그럼 그 소년과 나이가 같네요. 두 번째 갈비뼈가 부러져 죽었을 때가 막 아홉 살이 되려던 때였지요. 몽둥이로 때린 거예요."

무시무시한 생각에서 나를 벗어나게 해준 것은 때맞춰 울

린 역마차 경적소리였다. 나는 역마차에 올랐다.

역마차는 오후 3시에 야머스를 출발해 다음 날 아침 8시쯤에 런던에 도착할 예정이었다.

런던이 처음으로 내 눈앞에 나타났을 때 얼마나 굉장했는지! 하지만 지금은 그에 대한 이야기를 길게 늘어놓을 때가 아니다. 우리는 예정된 시각에 우리의 목적지인 화이트채플의 한 여인숙에 도착했다. 역으로도 사용되는 여인숙이었다. 마차의 차장이 나를 가만히 바라보더니 대합실로 가서 말했다.

"서픽 주 블룬더스톤에서 온 머드스톤이란 아이를 데리러 오신 분 계십니까? 이곳에서 기다리신다고 했다던데요."

하지만 아무런 대답도 없었다. 차장이 재차 소리쳤지만 여전히 아무 대답이 없었다. 나는 짐을 질질 끌며 마차에서 내렸다. 그때까지도 블룬더스톤에서 온 먼지를 뒤집어쓴 아이를 맞으러 오는 사람은 없었다.

나는 로빈슨 크루소보다 더 외로운 기분에 젖어 대합실 안으로 들어갔다. 그곳에 앉아 막연히 기다리고 있자니 오만가지 생각이 다 떠올랐다.

만일 아무도 나를 맞으러 오는 사람이 없다면 나를 얼마 동안 여기 있게 할까? 내 수중의 돈을 다 쓸 때까지 여기에 있을 수 있을까? 잠은 어디서 자고 세수는 어디서 하지? 밤마다 쫓겨났다가 아침에 다시 찾아와야만 하는 건 아닐까? 혹시 머드스톤이 나를 쫓아내기 위해 계략을 쓴 건 아닐까? 여기서 완전히 쫓겨나면 어떻게 하지? 집으로 되돌아가려 해도 길을 어떻게 찾으며 설사 길을 안다 해도 그 먼 길을 어떻게 걸어간단 말인가?

온갖 걱정에 몸이 달아올랐다. 그때였다. 한 사나이가 들어와 직원에게 뭐라고 속삭였다. 그러자 그 직원이 내 손을 잡더니 마치 짐짝처럼 그 사나이에게 떠다 밀었다.

낯선 사람의 손에 이끌려 대합실에서 나오면서 나는 그를 흘끔 쳐다보았다. 비쩍 마른 얼굴에 혈색이 별로 좋지 않은 젊은이였으며 머드스톤 씨처럼 턱수염을 시커멓게 기르고 있었다. 그러나 구레나룻은 깨끗이 면도가 되어 있었고 머리털은 윤기가 없었다.

그가 내게 물었다.

"너 신입생이지?"

"네."

나는 확실하지는 않았지만 그렇다고 대답했다.

"나는 세일렘 학교 선생이다. 내 이름은 멜이야."

나는 그에게 허리를 굽혀 인사했다. 나는 세일렘 학교의 학자이신 선생님을, 존경하는 마음에 가득 차서 바라보았다. 나는 용기를 내어 학교가 이곳에서 머냐고 물었다.

"조금 멀단다."

선생님이 대답했다.

"역마차로 가자. 6마일(약 10킬로미터)이나 되니까."

우리는 역마차를 잡아탔다. 얼마 후 우리는 세일렘 기숙학교에 도착했다. 학교는 높은 담에 둘러싸여 있었으며 조금 음침해 보였다. 선생님이 벨을 누르자 무뚝뚝하게 생긴 얼굴이 쇠창살 문 안에서 우리를 내다보았다. 잠시 후 그가 밖으로 나왔다. 목은 꼭 황소 같았으며 의족을 하고 있었다. 광대뼈가 툭 튀어나와 있었으며 머리를 빡빡 깎고 있었다.

"신입생이요." 선생님이 말했다.

의족을 한 사나이가 내 몸을 훑어보았다. 하지만 그저 볼품없는 꼬마에 불과했으니 오래 볼 것도 없었다. 그는 우리가 들어서자 문을 잠갔다. 그는 명목상으로는 이 학교 수위였지만 실은 교장 다음의 2인자였다.

세일렘 학교는 양쪽에 별채가 딸린 네모꼴 벽돌 건물이었다. 한눈에도 볼품없고 썰렁한 곳이었다. 주위가 하도 조용했기에 나는 선생님에게 학생들이 모두 외출했느냐고 물었다. 그러자 선생님은 방학 중이라 학생들은 모두 집으로 돌아갔다, 이 학교 교장인 크리클 씨는 가족과 함께 바닷가에서 피서를 보내고 있다고 대답해주었다.

내가 약간 어리둥절한 표정을 지었던 모양이다. 선생님은 내가 나쁜 짓을 했기 때문에 그 벌로 방학 중인데도 학교에 오게 된 것이라고 설명해주었다.

선생님은 나를 교실로 안내했다. 세상에 그렇게 볼품없고 썰렁한 곳은 본 적이 없었다. 길쭉한 방에 책상이 세 줄, 긴 의자가 여섯 줄 놓여 있었다. 그리고 벽에는 못들이 어지럽게 박혀 있었다. 쥐 두 마리가 쪼르르 기어가는 것이 보였고 이상한 냄새가 코를 찔렀다. 곰팡이 냄새 같기도 했고 썩은 과일, 혹은 좀이 슨 책 냄새 같기도 했다. 게다가 지붕이 없는 집에 잉크 비가 내리고 잉크 우박이 떨어지고 잉크 바람이 분 것처럼 교실 전체가 온통 잉크 범벅이었다.

선생님은 무슨 볼일이 있었는지 잠깐 교실에서 나갔다. 나는 교실을 왔다갔다 하며 이것저것 살피기 시작했다. 그러다가 한 책상 위에서 '조심! 물어뜯습니다'라고 예쁜 글씨가 적힌 쪽지가 눈에 띄었다.

나는 놀라서 책상 위로 올라갔다. 책상 밑 어디엔가 큰 개가 몸을 웅크리고 있을지도 모른다는 생각에서였다. 걱정스러운 눈으로 사방을 살펴보았지만 개는 보이지 않았다. 마침 그때 교실로 들어온 멜 선생님이 그런 내 모습을 보았다.

"너 책상 위에서 뭘 하고 있는 거냐?"

"죄송해요, 선생님. 개를 찾고 있었어요."

"개? 개를 왜?"

"물어뜯으니 조심하라고 써놓았잖아요." 나는 쪽지를 가리키며 말했다.

그러자 선생님이 엄숙한 표정으로 말했다.

"개를 조심하라는 게 아니야, 코퍼필드. 개가 아니라 어떤 애를 조심하라는 거지. 그 애가 바로 너란다. 이 쪽지를 네 등에 달아주라는 지시를 받았어. 처음 보자마자 이러는 건 미안

하지만 나도 어쩔 수가 없단다.”

선생님은 나를 책상 위에서 내려놓고 그 쪽지를 배낭처럼 내 등에 매달아주었다. 그 뒤로 나는 어디를 가든 그 쪽지를 등에 매달고 다녀야만 했다.

그것을 등에 달고 다녔을 때의 내 고통이란! 학교 건물 뒤쪽과 사무실 뒤쪽은 완전히 트여 있어 거리의 사람들도 모두 그것을 보았을 것이다. 누구나 저 아이는 사람을 물어뜯는 아이니까 조심해야 한다고 생각했을 것이다. 나중에는 스스로 정말 남을 함부로 물어뜯는 난폭한 아이가 된 것처럼 생각되기도 했다.

운동장에는 오래된 문이 하나 있었다. 거기에 학생들은 자기 이름을 습관적으로 새겨놓았다. 나는 방학이 끝나고 학생들이 학교로 돌아오는 것이 두려웠다. 전부 ‘조심! 물어뜯습니다’를 외치고 다닐 이름으로 생각되었기 때문이다.

그 많은 이름들 가운데 유난히 한 이름이 눈에 띄었다. J. 스티어포스라는 이름이었다. 이름을 하도 깊이 새겨놓아서 얼른 눈에 띄었던 것이다. 그 아이가 그 문구를 읽고서 꼭 내 머리카락을 잡아당길 것만 같았다. 그 문구를 갖고 노래를 만들어부를 아이도 있을 것 같았고, 나를 무서워하는 척하는 아이도 있을 것 같았다. 나중에는 그 마흔다섯 명의 학생들이 입을 모아 "저놈을 조심해, 저놈은 사람을 무는 놈이야!"라고 소리칠 것만 같았다.

생활은 단조로운데다 개학에 대한 두려움에 사로잡혀 있는 가운데도 멜 선생님의 지루한 수업은 매일 이어졌다. 그러나 머드스톤 남매가 없었으니 공부는 잘되었다.

나는 수업이 끝난 후에는 의족을 한 수위의 감시하에 게시문을 메고 학교 주위를 돌아다녔다. 그리고 오후 1시가 되면 멜 선생님과 함께 식사를 했다. 식사를 마치고는 차가 나올 때까지 또 공부를 했다.

일과가 끝나면 멜 선생님은 플루트를 꺼내어 불었다. 그 소리는 내가 들어본 소리 중에 제일 우울한 소리였다. 나는 플루트 소리보다 사람을 더 우울하게 만드는 소리는 없으리라고 생각했다.

멜 선생님은 내게 별로 말이 없었고 전혀 엄하게 대하지도 않았다. 말은 없었지만 선량한 분이었다. 그는 때때로 혼자 웃기도 하고 주먹을 불끈 쥐기도 했으며 이를 갈기도 했고 머리

칼을 쥐어뜯기도 했다. 그냥 버릇으로 하는 행동임을 곧 알게
되었고 금방 익숙해졌지만 처음에는 정말 무서웠다.

새롭게 알게 된 사람들

　　내가 세일렘 학교에서 생활한 지도
한 달이 넘었다. 어느 날 세일렘 학교의 주인이자 교장인 크
리클 씨가 돌아온다는 소식을 멜 선생님을 통해 듣게 되었다.
그리고 바로 그날 저녁 크리클 씨가 돌아왔다. 잠자리에 들기
전에 나무 의족의 수위가 나를 크리클 씨에게 데려갔다. 크리
클 씨는 건장하게 생긴 신사로서 옆에 큰 컵과 술병을 놓은
채 안락의자에 앉아 나를 기다리고 있었다. 나를 보자 그가
수위에게 말했다.

　"아하, 이 꼬마가 이빨을 갈아서 다듬어야 할 그놈이로군!
어디 뒤로 돌려보게."

수위가 「경고문」이 보이도록 나를 돌려 세웠다. 그런 후 다시 나를 돌려 크리클 씨와 마주보게 했다. 크리클 씨의 이마에는 굵은 힘줄이 솟아 있었고 코는 작았으며 턱은 유난히 컸다. 머리 앞쪽은 대머리였으며 양쪽으로 얼마 되지 않는 흰 머리칼이 나 있었다. 그는 거의 속삭이듯 이야기했다.

크리클 씨가 내게 손짓하며 말했다.

"이리로 와보시지요."

그러자 수위도 똑같은 동작을 하며 내게 말했다.

"이리로 와보시지요."

내가 가까이 가자 그가 내 귀를 잡고 속닥였다.

"내가 네 양아버지와 친한 사람이 된 건 참 다행이야. 참 훌륭하신 분이지. 강한 분이야. 우리 둘은 서로 잘 알아. 그런데 너, 너는 날 아느냐?"

그는 말을 하면서 내 귀를 꼬집었다.

나는 겁이 나서 몸을 떨면서 대답했다.

"아직 모릅니다, 선생님."

"아직 모른다고? 하지만 곧 알게 되겠지. 안 그래?"

그러자 수위가 크리클 씨의 말을 그대로 반복했다.

"하지만 곧 알게 되겠지. 안 그래?"

나중에 알게 된 사실이지만, 그는 크리클 씨의 일종의 통역으로서 크리클 씨의 말을 언제나 학생들에게 큰 소리로 다시 한번 들려주는 역할을 했다.

크리클 씨는 다시 속삭였다.

"내가 어떤 사람인지 말해줄까? 나는 정말 무시무시한 사람이야."

"아주 무시무시한 사람이야." 수위가 되풀이했다.

"나는 한다면 하는 사람이야. 한번 시키겠다고 마음먹으면 꼭 시키는 사람이야."

수위가 다시 그 말을 되풀이했다. 그러자 크리클 씨가 계속 속삭였다.

"나는 단호한 사람이지. 그래, 나는 그런 사람이야. 난 내가 해야 할 일을 놓쳐본 적이 없는 사람이야."

그러더니 그가 이제 가보아도 좋다고 말했다.

이제 그만 가보아도 좋다는 그의 말에 나는 기뻤다. 그러나 나는 그에게 요구하고 싶은 것 한 가지를 마음속에 꼭 간직하고 있었기에 그에게 말을 하지 않을 수 없었다. 도대체 어디서 그런 용기가 나왔는지는 지금도 모르겠다.

나는 더듬거리며 말했다.

"저, 정말 죄송하지만…… 저를 이제 좀 용서해주실 수 있다면…… 학생들이 돌아오기 전에 이걸 벗을 수 있게 해주신다면…… 저는 이제 정말 뉘우치고 있거든요."

말이 끝나기가 무섭게 크리클 씨가 의자에서 벌떡 일어났고 나는 후다닥 그곳을 빠져나와, 수위의 호송도 받지 않은 채 내 침실로 내달렸다. 아무도 나를 추격해오는 사람이 없다는 것을 확인하고는 겨우 잠자리에 들었다. 하지만 두 시간 정도는 자리에 누운 채 바들바들 떨어야만 했다.

다음 날 아침 샤프 선생님이 돌아왔다. 샤프 선생님은 주임 교사로서 멜 선생님보다 윗사람이었다. 멜 선생님은 늘 학생들과 식사를 함께 했지만 샤프 선생님은 점심과 저녁을 크리클 씨와 함께 했다. 그는 가냘픈 몸매의 호리호리한 신사였다. 코가 유난히 컸으며 머리가 무거운지 항상 고개를 한쪽으로 기울이고 다녔다. 그는 윤기가 흐르는 머리칼을 하고 있었는데 그것이 가발이라는 것을 나중에 알게 되었다.

제일 먼저 학교로 돌아온 학생은 토미 트래들스였다. 그가 제일 먼저 돌아온 것이 내게는 정말 다행이었다. 그는 내 등의 「경고문」을 재미있게 생각했다. 그는 학교로 돌아오는 학생들 모두에게 내 「경고문」을 보여주며 "어때, 재미있지?"라고 말해주었다. 그 덕분에 내가 그것을 애써 감추고 아이들이 나중에 폭로하는 일이 벌어지지 않게 된 것이었다.

또한 다행이었던 것이 학생들 대부분이 풀이 죽어 학교로 돌아왔기 때문에, 내 「경고문」에 대해 내가 생각했던 만큼 요란하게 굴지 않았다는 사실이다. 물론 그들 중에는 인디언처럼 내 주위에서 춤을 추는 학생들도 있었다. 또 어떤 애들이 나를 쓰다듬고 어루만지며 "메리, 독, 엎드려!"라고 장난치는 것은 어쩔 수 없었다. 어쨌든 내가 예상했던 것보다는 훨씬 나았다.

하지만 J. 스티어포스가 돌아올 때까지 나는 정식으로 이들의 동료가 된 것이 아니었다. 그는 나보다 여섯 살이나 위인 잘생긴 애였으며, 공부도 잘한다고 했다. 그가 돌아온 날 나는 마치 사법관 앞에 끌려가듯이 그의 앞으로 끌려갔다.

그는 운동장 한가운데 있는 창고에서 내가 당하고 있는 처벌에 대해 자세하게 물었다. 내 대답을 듣고 그는 나에 대한 처벌에 대해 '가증스러운 일'이라고 선언했다. 그 선언 한 마디로 나는 단번에 그를 좋아하게 되었다. 그 선언 한 마디로 다른 학생들도 더 이상 그「경고문」을 화제로 삼지 않았다. 무슨 인연인지 그와 나는 한방에서 같은 침실을 쓰게 되었다.

　나를 큰 고민에서 해방시킨 바로 그날 나와 나란히 걷던 그가 갑자기 물었다.

　"너, 돈 얼마나 가지고 있니?"

　나는 7실링 정도가 있다고 대답했다.

　"내게 맡기는 게 어때? 내가 보관해줄게. 네가 쓸 데가 있으면 관두고."

　"아니, 나 별로 쓸 데 없어."

　나는 그에게 내 돈을 모두 맡겼다.

　그날 내 방에서는 잔치가 벌어졌다. 모두 그에게 맡긴 내 돈으로 마련한 것이었다. 형식상 잔치의 주인은 나였지만 실질적으로는 스티어포스가 모든 것을 주도했다. 나는 스티어포스의 왼쪽에 앉았고 나머지 학생들은 우리를 에워싸고 침대 위, 마룻바닥 등에 둘러앉았다.

나는 그날 밤의 일을 지금도 잊을 수 없다. 우리는 모두 목소리를 낮추어 이야기했다. 아니다. 나는 이들의 이야기에 얌전히 귀를 기울였다고 하는 편이 옳을 것이다. 나는 학교 이야기, 학교 안 사람들 이야기를 빠짐없이 들었다.

크리클 씨가 자신을 무시무시한 사람이라고 말한 것은 사실이라고 했다. 그는 정말 엄하고 잔인해서 단 하루도 아이들에게 매질을 하지 않는 날은 없다고 했다. 하지만 그가 전혀 손대지 못하는 학생이 한 명 있었으니 바로 스티어포스였다. 크리클 씨는 무식한 장사꾼 출신이라고 했다. 사업을 하다 파산을 해서 부인의 돈까지 다 날린 후 학교 사업을 시작했다는 것이다.

그리고 의족의 사나이 이름은 턴게이로 장사할 때부터 크리클 씨를 돕던 사람이라고 했다. 그는 크리클 씨를 제외하고는 학교의 선생, 학생을 모두 적으로 생각해서 그들에게 못되게 구는 것이 유일한 낙이라는 것이었다.

그 외에 선생들 월급이 형편없다는 것, 멜 선생에게는 어머니가 있으며 정말로 가난하다는 이야기도 들었다.

파티가 끝나자 나와 단둘이 남은 스티어포스가 말했다.

"코퍼필드, 잘 자. 앞으로 내가 너를 돌보아줄게."

"정말 고마워."

그가 잠자리에 들자 나는 자리에서 일어나 달빛에 비친 그의 잠든 얼굴을 바라보았다. 정말 잘생긴 얼굴이었다. 그리고 유능해 보였다. 달빛을 받으며 잠든 그의 얼굴에는 뒷날 닥쳐올 어두운 일의 그림자는 전혀 없었다.

세일렘 학교에서의 첫 학기

다음 날부터 진지한 첫 학기 수업이 시작되었다. 아침 식사를 마치고 크리클 씨가 교실로 들어와 거인 같은 모습으로 실내를 둘러보자 요란하던 교실이 쥐죽은 듯 조용해졌다. 그의 옆에는 턴게이가 서 있었다.

턴게이가 크리클 씨의 속삭이는 말을 듣더니 느닷없이 "조용히 해!"라고 불같이 호령했다. 학생들은 이미 벼락이라도 맞은 듯 얌전히 있었는데도 말이다. 크리클 씨가 뭐라고 웅얼거리자 그가 통역했다.

"자, 이제 새 학기가 시작되었다. 행동거지를 조심해라. 여러분은 새 마음으로 공부를 시작할 것이고 나는 새 마음으로 여러분을 벌주게 될 것이다. 나에게 맞은 자국은 아무리 지우려 해도 소용없을 것이다. 지워질 정도로 가볍게 때리는 일은 절대 없다. 자, 이제 공부 시작!"

무시무시한 협박이 끝나자 턴게이는 밖으로 나갔다. 그런데 크리클 씨가 내 앞으로 오는 것이 아닌가! 그가 내게 위협하듯 속삭였다.

"네가 무는 것으로 유명하다면 나도 그만큼 잘 문다."

그러면서 그는 내게 회초리를 보여주었다. 그런 공갈협박을 받음으로써 나는 명실공히 세일럼 학교 학생이 되었다. 달리 말한다면 내내 눈물로 지새우게 되었다는 말이다.

사실 그런 경고는 나만 특별히 받은 것이 아니었다. 크리클 씨가 교실을 순방할 때면 대다수의 학생들은 그런 경고를 받았다. 그날 수업이 시작되기도 전에 이미 절반 이상의 학생이 괴로워하며 눈물을 흘렸다.

그런 학생들 중 제일 불쌍한 친구는 바로 트래들스였다. 아아, 가엾은 트래들스! 그는 모든 학생들 중에 가장 쾌활한 학생이었다. 하지만 바로 그 때문에 그는 가장 불쌍한 학생이기도 했다. 그는 늘 회초리로 매를 맞았다. 내 기억이 맞는다면 공휴일이었던 어느 월요일을 빼고는 여섯 달 동안 하루도 빠짐없이 맞았다.

그는 매 맞는 데 이력이 난 것 같았다. 매를 맞으면 한동안은 책상에 얼굴을 묻고 울었다. 그리고 해골 그림을 그렸다. 그런 후 이내 기운을 차리고 웃으며 장난을 시작했다. 그러면 어느새 눈물도 말라버린다. 트래들스는 정말 착했고 그 누구보다 명예심이 강했다. 그는 학생들이 서로 돕는 것이 신성한 의무라고 생각하는 것 같았다.

한번은 예배 중에 한 학생이 크게 웃었던 적이 있었다. 그렇게 대담한 학생은 아마 스티어포스 말고는 없었을 것이다. 그런데 정작 끌려나가 심하게 벌을 받은 것은 트래들스였다. 그래도 그는 웃은 게 자기가 아니라고 한 마디도 하지 않았다. 물론 그는 보상을 받았다. 스티어포스가 트래들스를 정말 용감한 아이라고 칭찬했던 것이다. 우리는 그것이 진짜로 최고의 찬사라고 생각했다. 나는 내가 만약 그런 보상을 받을 수만 있다면 그보다 심한 일도 참아낼 수 있으리라고 생각했다.

학생들 중에 남들에게 멋진 모습을 보여줄 수 있는 친구는 스티어포스뿐이었다. 특히 그가 크리클 씨의 딸과 팔짱을 끼고 교회로 가는 모습은 정말 훌륭했다. 그녀는 에밀리만은 못해도 매력적인 꼬마 숙녀였다. 흰 바지를 입은 스티어포스가 그녀 대신 파라솔을 들고 그녀와 나란히 걷고 있는 모습을 보고 있자면 내가 그의 친구라는 사실이 너무 자랑스러웠다.

스티어포스는 계속 나를 보호해주었다. 그와 친하게 지내는 학생에게는 그 누구도 집적거리지 못했다. 그러나 그도 크리클 씨로부터 나를 보호해주지는 못했다. 크리클 씨가 나를 지독할 정도로 가혹하게 대했을 때 "넌 너무 나약해. 나라면 그런 식으로 참고 있지는 않을 거야"라고 말해줄 뿐이었다. 하지만 그 말조차 내게는 격려로 들렸다. 내게 스티어포스는 정말 용감하고 똑똑하며 친절한 사람 그 자체였다.

그런 가운데 좋은 일도 있었다. 크리클 씨가 회초리로 내 등을 후려칠 때마다 뒤에 달고 있는 「경고문」이 방해가 된다는 사실을 알게 된 것이다. 덕분에 「경고문」은 이내 내 등에서 사라지게 되었다.

스티어포스와 나는 계속 친하게 지냈지만 우리가 더 친해질 계기가 생겼다. 무슨 일 때문이었는지 기억은 가물가물하지만 내 입에서 영국 소설가 스몰렛의 작품 『페리그린 클린』

이야기가 나온 적이 있었다. 옆에 있던 스티어포스는 지금 내가 그 책을 가지고 있느냐고 물었다. 내가 지금은 없다고 하자 그가 내게 물었다.

"너 그 이야기 다 기억하고 있니?"

내가 그렇다고 대답하자 그가 그 이야기를 자기에게 들려달라고 했다.

그날 밤부터 나는 『아라비안나이트』처럼 그에게 내가 읽은 책의 내용을 이야기해주기 시작했다. 페리그린 이야기가 끝나자 다른 이야기를 시작했고 그 일은 몇 달이 지속되었다. 나의 입담은 곧 학생들 사이에 소문이 났고 가장 어린 나이에도 다른 친구들의 주목을 받았다. 머드스톤 남매의 혹독한 대우 속에서 위안 삼아 읽은 책들이 이렇게 큰 효과를 발휘하다니! 나는 책을 읽는 게 정말로 큰 힘이 될 수 있다는 것을 그때 깨달았다.

어쨌든 그런 일이 있은 후 나는 그를 마치 내 친형처럼 대했다.

첫 학기를 미처 끝내기도 전에 정말 슬픈 일이 벌어졌다.

멜 선생님이 학교를 떠나게 된 것이다. 멜 선생님은 열심히 공부하는 나를 좋아하셨고 나도 온순한 그 선생님에게 고마워했다. 그래서 스티어포스가 선생님을 고의로 멸시한다던가, 자주 선생님 마음을 아프게 하는 것을 보고 늘 괴로웠다. 그런데 바로 그 스티어포스가 멜 선생님을 학교에서 쫓아냈다.

어느 날 크리클 씨가 몸이 아파 집에 있게 되었다. 그러자 학교 전체가 기쁨으로 가득 찼다. 학생들은 해방감에 젖어 수업 시간에도 소란스럽기만 했다. 특히 양처럼 순한 멜 선생님의 수업 때는 더했다. 멜 선생님은 마치 수천 마리의 늑대에 시달리는 한 마리 황소나 곰 같았다. 학생들이 교실을 들락날락하며 숨바꼭질을 하는 가운데 멜 선생님은 힘들더라도 어떻게 해서건 수업을 무사히 끝내려고 땀을 뻘뻘 흘렸다.

큰 소리로 웃으며 노래하는 아이, 춤추는 아이, 울부짖는 아이, 선생님 주변을 빙빙 도는 아이, 선생님 앞이나 뒤에서 선생님 흉내를 내는 아이 등, 그야말로 난장판이었다.

마침내 선생님이 참지 못하고 벌떡 책상을 치며 일어나 외쳤다.

"조용해! 도저히 참을 수가 없구나! 너희가 도대체 어떻게 내게 이럴 수 있니?"

그 소리에 모두 조용해졌지만 스티어포스는 여전히 등에 벽을 기대고 주머니에 두 손을 넣은 채 마치 휘파람을 불려는 것처럼 입을 오므리고 있었다.

"조용해, 스티어포스!"

"선생님이나 조용히 하시죠."

"앉아."

"선생님이나 앉으세요. 공연한 참견 마시고."

스티어포스의 말에 킥킥 웃는 아이도 있었고 어떤 아이는 박수를 치기도 했다.

멜 선생님이 말했다.

"스티어포스, 이 모든 일을 네가 주동했다는 걸 내가 모를 줄 아느냐? 그렇다면 오산이다."

"선생님이 알건 모르건, 내가 왜 선생님 생각을 합니까? 골 치만 아프지." 스티어포스가 차갑게 모욕적인 언사로 말했다.

그러자 선생님이 입술을 떨면서 말했다.

"네가 특별대우를 받는 걸 이용해서 한 신사를 모욕하려 하는 것은 비겁한 짓이야. 그러면 안 되는 걸 알 만한 애가 나를 일부러 모욕주려고 이러는 건 비열하고 야비한 행동이야."

그러자 스티어포스가 지지 않고 대들었다.

"신사요? 신사가 어디 있어요? 내가 비열하고 비겁하다고요? 참으로 말 함부로 하시네. 거지 주제에. 거지 주제에 신사타령을 하면서 나보고 비겁하다고요? 정말 건방진 건 선생님이에요. 분수를 너무 모른다, 이겁니다."

스티어포스가 멜 선생님을 때리려 했는지, 멜 선생님이 스티어포스를 때리려 했는지, 아니면 양쪽 모두 상대방을 치려했는지 나는 잘 모르겠다. 어쨌건 둘 사이에 벌어진 일 때문에 교실 전체가 마치 화석이라도 된 듯 굳어 있었다.

모두 정신을 차렸을 때는 크리클 씨가 턴게이와 함께 우리들 사이에 서 있었다. 멜 선생님은 책상 위에 양 팔꿈치를 괸채 얼굴을 두 손으로 감싸고 가만히 앉아 있었다.

"멜 선생." 크리클 씨가 멜 선생님의 팔을 흔들며 말했다. 언제나 속삭이던 목소리가 이날만큼은 또렷하게 들려서 턴게이의 통역이 필요 없었다.

"당신 혹시 선생이란 직분을 잊은 게 아니오?"

멜 선생이 흥분한 나머지 두 손을 비비며 말했다.

"아니오, 절대로 아닙니다. 저는 단 한 번도 선생의 직분을 잊은 적이 없습니다. 그보다 교장 선생님이 저를 조금만 더 대접해주셨더라도……."

그 말에 크리클 씨는 멜 선생님을 뚫어져라 노려보았다. 그리고 책상에 걸터앉더니 두 다리를 의자 위에 올려놓았다. 그가 스티어포스를 보고 말했다.

"학생, 멜 선생이 내게 자초지종을 말하지 않는군. 도대체 어떻게 된 일이지?"

스티어포스는 멸시와 분노에 찬 눈초리로 멜 선생님을 노려보고 있었다. 스티어포스는 아주 고결해 보였고 반대로 멜 선생님은 아주 초라하고 보잘것없어 보였던 것이 지금도 기억난다.

"선생님께서 제가 자꾸 특별대우를 받는다고 말씀하시는데 그게 무슨 뜻입니까?"

"특별대우라고? 멜 선생이 그런 말을 했어?" 크리클 씨가 반문하더니 멜 선생님을 보고 말했다.

"도대체 특별대우 학생이라니, 그게 무슨 말인가? 이 학교의 교장이자 주인인 내게 실례되는 말 아닌가?"

"제가 잘못했습니다. 좀 흥분해서 말이 헛 나왔습니다. 제가 냉정했더라면 하지 말아야 할 소리였습니다."

그때 스티어포스가 끼어들었다.

"멜 선생님이 저보고 비겁하다고 해서 저도 그에게 거지라고 했습니다. 저도 냉정했더라면 절대 선생님을 거지라고 하지 않았을 겁니다. 그래도 일단 말을 했으니 그에 대한 어떤 처벌도 달게 받겠습니다."

크리클 씨는 호기심이 동한 듯했다.

"아니, 멜 선생이 거지라고? 함부로 하는 소리는 아니겠지? 멜 선생이 어디 동냥이라도 했다는 건가?"

"멜 선생님이 거지가 아니더라도 가족 중에 거지가 있으면 거지나 마찬가지 아닌가요? 멜 선생님 어머니는 빈민구제 양로원에 있습니다."

클리클 씨는 멜 선생님에게 그게 사실이냐고 물었고 멜 선생님은 모두 시인했다.

그러자 크리클 씨가 말했다.

"멜 선생, 당신 이제까지 분에 넘치는 자리에 있었군. 이 학교를 무슨 자선학교로 잘못 알고 있었던 것 아냐? 멜 선생, 제발 헤어지세. 빠르면 빠를수록 좋아."

"그렇다면 지금보다 더 적당한 때는 없겠군요." 멜 선생이 자리에서 일어나며 말했다.

나는 어머니가 양로원에 있다는 한 마디로 그런 결정을 내린 크리클 씨나 그 결정을 두 말 않고 받아들인 멜 선생님을 도저히 이해하기 힘들었다. 더욱 이해하기 힘들었던 것은, 세일렘 학교의 명예와 체면을 살리기 위해 스티어포스가 힘든 말을 해주었다며 크리클 씨가 그를 크게 칭찬해주고 학생들에게 박수까지 치게 했다는 사실이었다. 학생들은 박수를 쳤다. 다만 트래블스만이 오랫동안 책상에 엎드려 해골 그림을 그렸다.

어쨌든 그렇게 멜 선생님은 떠났다.

여름이 지나가고 계절이 바뀌었다. 그사이의 생활은 온갖 것들이 뒤범벅이 되어 내 기억에 남아 있다. 종이 울리면 잠에서 깨어나서 맞는 쌀쌀한 아침, 취침 종이 울려 잠자리에 들면 온몸에 스며드는 으스스한 한기, 언제나 추위에 떨어야만 했던 교실, 쇠고기와 양고기가 번갈아 나오는 식사 메뉴, 돌덩이

같은 빵, 금 간 석판, 눈물로 얼룩진 노트, 언제나 회초리로 얻어맞던 일, 온통 잉크 투성이 더러운 교실 벽, 이런 것들이 뒤죽박죽 엉켜 있는 것이다.

그러나 오매불망 기대하던 방학이 다가옴에 따라 점차 커져만 갔던 기쁨은 지금도 또렷이 실감이 난다. 몇 달 후에서 몇 주일 후로, 이어서 며칠 후로 방학이 다가오자 나는 혹시 집으로 보내주지 않으면 어쩌나 하는 두려움에 떨었다.

드디어 종업식 날이 되었다. 나는 야머스행 우편 마차를 타고 집으로 향했다. 나는 마차 안에서 자다 깨다를 반복했다. 여러 가지가 꿈속에 나타났다. 하지만 잠에서 깨어 바라보는 바깥 풍경은 분명 세일렘 학교 운동장이 아니었다. 그리고 내 귀에 들리는 소리도 크리클 씨가 트래들스를 매질하는 회초리 소리가 아니라 마부의 채찍질 소리였다.

아 참, 한 가지 빼놓은 게 있다. 이번 학기 동안 정말 잊을 수 없는 일이 하나 있었다. 페거티 씨와 햄이 학교로 면회를 온 것이었다. 이들이 삶은 새우와 게를 가져와서 내 방에서는 또 한 번 푸짐한 파티가 벌어졌다. 나는 당연히 에밀리의 안부를 물었다. 하나만 더 덧붙이자. 그들이 면회 온 자리에 스티

어포스가 나타나 서로 인사를 나누었다는 사실이다. 이들은
금세 친해졌다.

어머니의 죽음과 페거티의 결혼

방학이 되어 나는 집에 다녀왔다. 집으로 가는 길에 바키스 씨는 '바키스 씨가 답을 기다리고 있다'는 말을 페거티에게 전해달라고 내게 부탁했다. 나는 약속을 지켰다. 내가 집에 도착했을 때 마침 머드스톤 남매는 집에 없었다. 어머니는 새로 세상에 태어난 내 동생을 품에 안고 계셨다. 머드스톤 남매가 집에 없는 동안 나와 페거티, 그리고 어머니는 정말 오랜만에 다정한 오후 시간을 가졌다. 머드스톤 남매가 집으로 돌아오자 나는 도로 불행해졌다. 이들은 여전히 엄격했고 심지어 아기 곁에 가지도 못하게 했다. 그토록 기다리던 방학이었건만 나는 다시 학교로 돌아갈 날을 손꼽아 기다리게 되었다. 그렇게 한 달이 흘렀고 나는 아기를 품에 안은 어머니의 배웅을 받으며 마차에 올랐다.

3월이 되어 내 생일을 맞이할 때까지의 학교생활에 대한 이야기는 전부 생략하기로 하자. 사실 똑같은 일의 반복이었을 뿐 특별한 이야깃거리도 없었다. 그러나 그해의 내 생일! 그날은 내 평생 도저히 잊을 수 없다.

아침 식사를 마치고 우리는 운동장에서 놀다가 교실로 들어갔다. 잠시 후 샤프 선생님이 방으로 들어오더니 말했다.

"데이비드 코퍼필드, 응접실에 너를 만나겠다는 사람이 와서 기다리고 있단다. 아니, 그렇게 서두를 것 없어. 시간은 많으니까 서두르지 마."

그의 말에 조금이라도 주의를 기울였다면 평소와 다른 그의 동정 어린 말투에 나는 깜짝 놀랐을 것이다. 하지만 나는 그의 말을 그냥 귓등으로 듣고는 아무 생각 없이 서둘러 응접실로 달려갔다.

응접실에는 크리클 부부가 앉아 있었는데 부인은 「편지」를 펴 들고 있었다. 부인이 나를 소파에 앉히더니 자기도 그 옆에 앉았다.

그녀가 말했다.

"학생, 내가 학생에게 해줄 이야기가 있어요."

나는 공연히 가슴이 두근거렸다. 그녀가 말을 이었다.

"학생은 아직 어려서 매일매일 얼마나 많은 사람들이 이 세상에서 사라져가는지 모를 거야. 하지만 학생도 그런 건 알아야 해요."

나는 그녀가 도대체 왜 그런 이야기를 하는지 잔뜩 긴장해서 그녀를 바라보았다.

그녀가 잠시 뜸을 들이더니 말했다.

"방학이 끝나고 집을 떠날 때 모두들 안녕하셨지? 어머니께서도?"

나는 온몸이 덜덜 떨려왔다. 그리고 눈물이 흘러 내 앞이 뿌옇게 되었다.

그녀가 선언하듯 말했다.

"정말 안된 이야기지만 어머니가 돌아가셨어요."

내가 얼마나 슬프게 울었는지는 이야기할 필요도 없을 것이다. 어린아이가 느낄 수 있는 가장 큰 고통을 나는 겪었다.

나는 얼마나 울었는지 나중에는 눈물조차 나오지 않았다.

다음 날 거의 밤이 다 되어 나는 세일렘 학교를 떠났다. 그것이 마지막이 되리라고는 전혀 생각지도 못했다. 밤 마차를 타고 느릿느릿 여행한 후 이튿날 아침 9시가 넘어서야 야머스에 도착했다. 나는 바키스 씨를 찾았으나 그는 보이지 않았다. 대신 뚱뚱하고 키 작은 늙은이가 마차 창문에 와서 말했다.

"코퍼필드 도련님?"

"네."

"저와 함께 가시지요. 제가 도련님을 댁까지 모셔다드리겠습니다."

도대체 이 사람이 누굴까? 나는 궁금해하며 그의 손을 잡고 마차에서 내렸다. 그는 나를 비좁은 거리에 있는 작은 가게로 데려갔다. 그 가게 간판에는 '오머의 포목상, 양복점, 신사용품, 장의사'라는 글이 적혀 있었다.

오머는 쾌활한 사람이었다. 그는 내 몸의 치수를 재서 노트에 기입한 후 거실로 데려갔다. 나는 그에게서 또 하나 놀라운 소식을 들었다. 아기도 죽었다는 것이었다. 오머는 가게 사람들에게 이것저것 지시한 후 나와 함께 마차에 올랐다. 마차에는 미리 준비해둔 어머니의 관이 실려 실었다.

이윽고 마차가 집에 닿았다. 어머니 방 창문이 보이자 나도 모르게 눈물이 쏟아졌다. 내가 현관까지 가기도 전에 페거티가 나타났다. 나를 보자 그녀의 슬픔이 폭발한 것 같았다. 하지만 그녀는 이내 슬픔을 억누르고는 나를 안고 안으로 들어갔다. 며칠 동안 잠을 자지 못했는지 그녀의 얼굴이 온통 푸석푸석했다.

내가 거실에 들어갔는데도 머드스톤 씨는 나를 거들떠보지도 않았다. 그는 난로 옆 안락의자에 앉아 깊은 생각에 잠겨 있었다. 그는 눈물을 흘리고 있었다.

내게 말을 건 것은 미스 머드스톤이었다. 그녀는 내게 양복 치수를 쟀느냐고 물었다.

"네." 나는 대답했다.

"너, 네 옷은 다 가져왔겠지?"

"네, 다 가져왔어요."

이런 일을 겪은 어린아이에게 그녀가 해준 위로의 말은 그게 전부였다. 그녀는 이런 순간에도 자신의 자제력과 강인함과 의지를 보여줄 수 있다는 것을 자랑으로 삼고 있는 게 분명했다. 그녀는 특히 자신의 사무 능력을 유감없이 발휘했다. 그녀는 그날 온종일 책상에서 태연하게 이런저런 일을 처리했으며 누구에게나 차갑게 대했다. 머드스톤 씨는 하루 종일 아무 말도 없었다.

나는 장례식에 대해서는 자세하게 쓰지 않으련다. 기억이 나지 않아서가 아니다. 그날의 일들은 모두 어제 일처럼 또렷이 기억난다. 그날은 분명 여느 날과는 다른 날이었다. 햇빛도 한층 슬픈 색으로 물든 것 같았다. 너무도 생생하게 내 기억에 남아 있는 그날! 그것들은 그냥 기억 속에 남겨두는 것이 나으리라.

장례식이 끝나고 우리는 집으로 돌아왔다.

장례식이 끝난 후 머드스톤 양이 제일 먼저 한 일은 페거티에게 해고를 통보한 일이었다. 머드스톤 양은 그녀에게 다른 일자리를 구하라고 말한 후 한 달간의 말미를 주었다.

하지만 나를 어떻게 하겠다는 이야기는 한 마디도 없었다. 내가 용기를 내어 언제 학교에 돌아갈 수 있느냐고 묻자 그는 차가운 목소리로 학교에 다시 보내지 않는다고 대답했을 뿐이었다.

어쨌든 나는 전보다 훨씬 자유로웠다. 전처럼 거실에 억지로 앉히는 일도 없었고 그 지겨운 공부를 시키는 일도 없었다. 오히려 내가 거실에 앉아 있기라도 하면 미스 머드스톤이 상을 찌푸리며 밖으로 나가라고 할 뿐이었다. 나는 무관심한 존재가 된 것이었다. 그래서 나는 아주 자유롭게 페거티와 함께 있을 수 있었다.

어느 날 페거티가 내게 말했다.

"도련님, 여기 블룬더스톤에서 적당한 일거리를 찾으려 온갖 애를 다 써보았지만 구할 수가 없어요. 그래서 야머스에 가서 살아야 할 것 같아요. 우선 두 주일 정도 오빠 집에 다녀올 생각이에요. 주변을 둘러보고 마음의 안정을 찾으려고요. 그런데 도련님도 함께 가지 않을래요? 머드스톤 남매가 도련님이 함께 있는 걸 좋아하지 않는 것 같으니 저와 함께 가는 게 좋겠어요."

나는 귀가 솔깃했다. 나를 좋아하는 사람들에게 둘러싸여 지낼 수 있다는 생각만으로도 가슴이 설레었다. 종소리를 들으며 아련히 배가 보이는 바다에 돌을 던진다. 꼬마 에밀리와 산책하며 이야기를 나누고 바닷가에서 조개껍질과 돌멩이를 줍는다. 생각만 해도 마음이 차분해졌다.

하지만 걱정이 있었다. 머드스톤 남매가 과연 허락해줄 것인가 하는 것이었다.

틈을 내서 페거티가 미스 머드스톤에게 자기 생각을 말하자 미스 머드스톤이 대답했다.

"그곳에 보내면 이 애는 게으름을 피울 거야. 하기야 이 애는 어디에 있더라도 게으름을 피우겠지."

페거티는 화가 난 듯했지만 잠자코 있었다. 그러자 잠시 뜸을 들이고 있던 미스 머드스톤이 말했다.

"그렇지만 무엇보다 동생을 편하게 해주는 게 중요하긴 해. 얘가 없으면 동생 마음이 편할 거야."

나는 고맙다고 말했다. 하지만 억지로 기쁜 빛을 감추려 애썼다. 그랬다가는 그녀가 말을 바꿀까봐 두려웠기 때문이다. 다행히 그녀는 나의 여행 허락을 취소하지 않았다. 그달 말 페거티와 나는 떠날 준비를 마쳤다.

드디어 떠나는 날 바키스 씨가 페거티의 짐을 나르기 위해 집 안까지 들어왔다. 전에는 늘 대문 밖에서 기다렸었는데 이번에는 집 안까지 들어와 짐을 어깨에 멘 것이었다.

페거티는 오랫동안 정든 집을 떠난다는 생각에 슬픈 표정을 하고 있었다. 마차에 오르자마자 그녀는 손수건을 눈에 댄채 그대로 자리에 주저앉고 말았다.

페거티가 그런 자세를 하고 있는 동안 바키스 씨는 죽은 듯가만히 제자리에 앉아 말을 몰았다. 그러나 페거티가 손수건을 눈에서 떼고 주위를 바라보며 내게 말을 걸자 그도 같이고개를 끄덕이며 히죽히죽 웃었다. 나는 뭐가 그렇게 좋은지알 수 없었다.

오는 도중 바키스 씨는 마차를 술집 앞에 세우고 우리에게삶은 양고기와 맥주를 사주었다. 그는 맥주와 고기를 먹는 동안 페거티를 쿡쿡 찌르며 장난을 쳤고 페거티는 그때마다 눈을 흘기며 웃음을 흘렸다.

야머스에 도착하자 댄 페거티 씨와 햄이 낯익은 곳에서 우리를 기다리고 있었다. 이들은 우리를 반갑게 맞아주었고 바키스 씨와도 악수를 했다. 바키스 씨는 모자를 젖혀 쓴 채 부끄러운 듯 서 있었다. 두 사람이 페거티의 가방을 하나씩 들고떠나려 할 때 바키스 씨가 엄숙한 표정으로 나를 어떤 집 문 앞으로 불렀다.

내가 곁으로 가자 그가 마치 투덜거리듯이 말했다.

"다 잘됐어요."

내가 그의 얼굴을 바라보며 아주 심각한 체 "오!" 하는 감탄사를 발하자 그가 다시 말했다.

"다 잘되었다니까요. 도련님 덕분이에요. 맨 처음에 이어준 게 도련님이니까요."

나는 무슨 뜻인지 몰라서 그의 얼굴만 바라보고 있었다. 그러나 그는 말문이 막히는지 더듬거리기만 했다. 페거티가 나를 부르지 않았더라면 나는 한 시간이라도 그의 얼굴을 바라보며 서 있었을 것이다.

함께 걷는 동안 페거티는 바키스 씨가 뭐라고 하더냐고 내게 물었다. 나는 그가 한 말을 그대로 들려주었다. 그러자 페거티가 말했다.

"어머나, 뻔뻔스럽기도 해라."

그러더니 잠시 후 그녀가 다시 말했다.

"그건 그렇고 데이비 도련님, 만약 내가 결혼한다면 뭐라고 하시겠어요?"

"바키스 씨와 결혼한다는 말이지? 그럼 좋지. 언제나 공짜로 마차를 타고 나를 보러 올 수 있잖아."

"어쩜 이리 똑똑할까! 나도 한 달 전부터 그런 생각을 했어요. 내가 결혼하면 더 자유로워질 거예요. 게다가 바키스 씨는 좋은 사람이에요. 솔직한 사람이고요. 내가 그 사람의 좋은 아내 노릇만 한다면 다 잘될 거예요. 하지만 오빠와 상의해보고 더 생각해보겠어요."

페거티는 말을 마치자 거침없는 웃음을 터뜨렸다. 나도 그녀를 따라 웃음을 터뜨렸다.

우리가 그 집에 도착하자 모두들 우리를 반겨주었다. 꼬마 에밀리도 나를 반겨주었고 나는 그녀가 더없이 귀엽다고 여전히 생각했다.

우리가 도착한 날 저녁 바키스 씨가 보자기에 오렌지를 싸들고 아주 어색한 모습으로 나타났다. 그는 오렌지에 대해서는 한 마디도 하지 않고 그 보퉁이를 놔둔 채 가버렸다. 햄은 그가 보퉁이를 잊고 간 줄 알고 뒤를 쫓았다. 돌아온 햄은 그 오렌지는 페거티에게 줄 선물이라고 하더라고 전했다.

그 일이 있은 후 바키스 씨는 매일 같은 시각에 조그마한 꾸러미를 들고 나타났다. 그러고는 그 꾸러미에 대해 한 마디 말도 없이 가버렸다. 그 애정의 선물들은 정말 다채롭고 별난 것들이었다. 족발 두 개, 커다란 바늘꽂이, 몇 킬로그램의 사과, 흑옥으로 된 귀걸이 한 쌍, 양파, 새장에 들어 있는 카나리아 한 마리, 소금에 절인 돼지 다리 등이었던 것을 지금도 기억할 수 있다.

내 방문 기간이 거의 끝나가던 어느 날, 나와 에밀리, 그리고 페거티와 바키스는 날을 잡아서 소풍을 가기로 했다. 에밀리와 함께 소풍을 가게 된 나는 기분이 너무 좋았다. 그날 바키스 씨는 화려한 양복을 입은 채 마차를 몰고 아침 식사를 끝내기도 전에 나타났다.

우리는 소풍을 떠났다. 그런데 마차가 교회 앞에 멈춰 섰다. 바키스 씨는 나와 에밀리를 마차에 남겨둔 채 페거티와 함께 교회로 들어갔다. 그들은 교회 안에 꽤 오래 있었다. 이윽고 이들이 교회에서 나오자 마차는 들판을 가로질러 달리기 시작했다. 길을 가는 동안 바키스 씨가 나를 향해 고개를 돌리더니 윙크를 했다. 그가 윙크를 하다니! 상상도 못 할 일이었다.

그가 내게 말했다.

"전에 내가 마차에 쓴 이름이 뭐였지요?"

"클라라 페거티요." 내가 대답했다. 클라라는 페거티의 세례명이었다.

"그럼 만일 지금 이 마차에 이름을 쓴다면 어떤 이름을 쓸 것 같아요?"

"여전히 클라라 페거티라고 쓰겠지요."

"클라라 페거티 바키스!" 그는 큰 소리로 말하고 나서 호탕하게 웃었다. 마차가 흔들릴 정도였다.

이들은 결혼식을 올리기 위해 교회에 들어갔던 것이다. 페거티가 조용히 결혼식을 치르기를 원해서 증인도 없이 목사님 혼자 예식을 주관했던 것이다. 지금 생각해도 얼마나 순수하고 특별한 결혼인가! 이런 생각은 그 뒤 평소에도 툭하면 떠오르곤 했다.

이날 우리는 정말 즐겁게 하루를 보내고 밤이 이슥할 때쯤 집으로 돌아왔다. 오직 순수한 마음으로 가득 찬, 사랑과 기쁨의 하루였다.

다음 날 나는 바키스 씨 부부와 함께 마차를 타고 블룬더스톤의 집을 향해 떠났다. 이들은 나를 우리 집 문간에 내려놓고 마차를 타고 돌아갔다. 나는 멀어져가는 마차를 망연히 바라보았다. 말만 우리 집이었을 뿐, 집에는 나를 반겨주고 사랑해줄 사람이 아무도 없었다. 나는 돌봐줄 사람이 아무도 없는 외로운 소년이 되어버린 것이다.

아무리 견디기 힘든 학교라도 어떻게든 그곳으로 가고 싶었다. 거기에서라면 온 힘을 다해 공부를 할 수 있을 텐데! 하지만 내게 그런 행운은 찾아오지 않았다.

머드스톤 남매는 나를 이전처럼 드러내놓고 학대하지는 않았다. 매를 맞는다거나 굶주리는 일은 없었다. 하지만 이들은 내게 냉혹했다. 그리고 머드스톤 씨는 내 얼굴을 보는 것을 무엇보다 견디기 어려워하는 것 같았다.

이제 나는 내 기억력이 남아 있는 한 절대로 잊을 수 없는 시기에 대해 이야기하려고 한다. 그때의 기억은 내가 애쓰지 않아도 언제나 일종의 유령처럼 자주 내 앞에 나타났으며 그 뒤 내가 행복했을 때도 그림자처럼 그 행복한 삶 위에 떠오르곤 했다.

어느 날 나는 평소 습관대로 맥없이 생각에 잠긴 채 밖을 거닐고 있었다. 그런데 집 근처 골목 모퉁이를 돌다가 어떤 남자와 걷고 있던 머드스톤 씨와 마주쳤다. 전에 머드스톤과 함께 로스토프트에 갔을 때 한 번 본 적이 있던 신사였다. 그 신사의 이름은 퀴니언이었다.

그날 퀴니언 씨는 우리 집에서 하룻밤을 지냈다.

이튿날, 아침 식사를 마친 후 내가 밖으로 나가려 하자 머드스톤 씨가 나를 불러 세웠다. 퀴니언 씨는 양손을 주머니에 찌른 채 밖을 내다보고 있었다.

머드스톤 씨가 내게 말했다.

"데이비드, 젊은이는 일을 해야 해. 빈둥거리거나 멀거니 하늘만 바라보며 시간을 허비하면 안 돼. 내가 부자가 아니라는 건 너도 알겠지? 몰랐다면 지금 알려주는 셈 치기로 하지. 너는 이제 교육을 꽤 받은 셈이야. 게다가 공부를 더 하자면 돈이 많이 들어. 그런 건 다 그만두더라도 공부를 더 해봤자 네게 도움이 되지도 않는다는 게 내 생각이야. 중요한 건 세상과 싸우는 거야. 빨리 시작하면 할수록 그만큼 더 좋아."

나는 비록 보잘것없다 하더라도 이미 세상과 싸움을 시작한 것 같다는 생각을 했다.

그가 계속 말했다.

"너 '머드스톤 앤드 그린비 포도주 상회'에 대해 들어본 적 있지? 퀴니언 씨가 지배인 일을 하고 있지. 아이들을 몇 명 쓰고 있는데 네가 그곳에서 일하지 못할 이유가 없다고 퀴니언 씨가 말하더라. 너 혼자 먹고사는 데 충분한 돈을 주겠다고 했어. 살 곳은 이미 찾아놓았고 하숙비는 내가 대주마."

이들은 오로지 나를 쫓아내기 위해 그 계획을 세운 것이었지만 나는 내심 기쁘기도 했고 당황하기도 했다. 지금 생각해도 내가 낯선 삶에 대한 두려움에 질렸었는지, 아니면 머드스톤 남매로부터 벗어난다는 생각에 기뻐했는지 선명하게 기억나지 않는다.

다음 날 나는 얼마 안 되는 내 물건들을 넣은 조그만 트렁크를 앞에 놓은 채 퀴니언 씨와 함께 야머스행 우편 마차에 올랐다. 그곳에서 런던 행 역마차로 갈아타기 위해서였다.

멀어져가는 집과 교회, 나무 아래 무덤들을 바라보면서 그때 내가 느꼈던 심정을 무슨 말로 표현할 수 있을 것인가!

제
3
장

나의 날개로 날기 시작하다

머드스톤 앤드 그린비 상회의 창고는
블랙 프라이어스의 저지대 강가에 자리 잡고 있었다. 나는 그
상회의 잡일을 하는 점원으로 고용되었다.

머드스톤 앤드 그린비 회사는 여러 곳과 거래를 하고 있었
지만 그중에서 가장 중요한 일은 여객선들에 포도주와 독주
를 공급하는 일이었다. 나는 그 배들이 어디로 가는 지에 대해
서는 거의 생각나지 않는다. 다만 그 교역을 통해 엄청난 양의
빈 병이 쌓였다는 것은 잘 알고 있다. 많은 사람들이 그 빈 병
을 불빛에 비추어보고 흠이 있는 것은 버리고, 그렇지 않은 것
은 깨끗이 씻었다.

그런 일이 없을 때면 술이 들어 있는 병에 상표를 붙이고 마개를 막아 봉하는 일을 했다. 그런 후 그 병들을 상자에 넣어 채웠다. 나는 나와 함께 고용된 서너 명의 아이들과 함께 그 일을 했다. 나는 그 아이들과 함께 지내면서, 내가 지난 시절 사귀었던 친구들과 비교해보았다. 말도 못 할 정도로 슬펐지만 무엇보다 저명한 학자가 되겠다는 꿈이 산산조각 난 것이 가슴 아팠다.

사무실 시계가 12시 30분을 가리키고 있었다. 모두 점심 먹으러 갈 준비를 하고 있는데 퀴니언 씨가 나를 손짓으로 불렀다. 그의 사무실로 들어가니 갈색 외투와 검은 옷을 입은 건장한 중년 남자가 나를 기다리고 있었다. 머리카락 하나 없는 대머리에 얼굴이 유난히 넓적했다. 옷은 초라하게 입고 있었지만 셔츠 칼라에는 뭔지 모를 위엄이 서려 있었다. 그는 멋진 지팡이를 들고 있었고 외투 밖으로는 외알 안경이 매달려 있었다. 나중에 안 일이지만 순전히 멋으로 매단 안경이었다.

그가 내게 인사를 하자 나도 그에게 인사를 했다. 퀴니언 씨가 그를 내게 소개했다.

"이분은 미코버 씨다. 머드스톤 씨와 아는 분이지. 우리를 대신해서 물품 주문을 받아주는 일을 하고 있다. 머드스톤 씨 부탁으로 너를 하숙인으로 받아들였어."

그러자 미코버 씨가 허물없는 말투로 말했다.

"내 집 주소는 시티 거리의 윈저 테라스지. 보아하니 런던에 대해 잘 모를 것 같고 여기서 시티 거리로 오는 길도 좀 복잡해서 가장 가까운 길을 네게 가르쳐주려고 찾아온 거란다. 몇 시에 너를 데리러 오면 될까?"

그러자 퀴니언 씨가 대답했다.

"8시쯤에."

"8시라, 좋아요. 그럼 퀴니언 씨, 이만 실례하겠습니다. 일을 방해하긴 싫으니."

나는 그가 진심으로 고마웠다. 일부러 이런 친절을 베푼다는 것은 쉽지 않다는 것을 어린 나도 잘 알고 있었기 때문이었다.

저녁 약속 시간에 미코버 씨가 나타났다. 우리는 함께 우리 집을 향해 걸었다. 이제부터 우리가 함께 지낼 집이니 우리 집이라고 불러야 마땅하다고 생각했다.

윈저 테라스의 그의 집—그 집은 그와 마찬가지로 초라했다. 하지만 체면만은 번듯하게 차린 게 주인과 똑같았다—에 도착하자 그는 나를 자기 부인에게 소개했다. 부인은 허약해 보였으며 고생을 해서인지 부쩍 늙어 보였다. 부인은 거실에 앉아 쌍둥이 중 하나에게 젖을 먹이고 있었다.

그 집에는 쌍둥이 말고도 두 아이가 더 있었다. 네 살짜리 사내아이와 세 살짜리 계집아이였다. 이렇게 아이들 넷에 얼굴이 검은 젊은 식모가 이 집 식구들이었다. 내 방은 뒤쪽에 있는 다락방이었다. 좁고 답답했으며 가구는 거의 없었다.

그날 이후 미코버 부인은 자주 자기 집의 어려운 재정 형편을 내게 이야기해주었다. 미코버 씨는 여러 상점의 외무사원 비슷한 일을 하고 있었지만 거기서는 수입이 거의 없었고 늘 빚쟁이들에게 독촉을 받고 있었다.

정말로 그 집을 찾아오는 사람들은 채권자들뿐이었다. 그들은 시도 때도 없이 찾아왔으며 그중에는 아주 난폭한 사람들도 있었다. 그들이 사기꾼, 날강도라고 고래고래 소리를 지르고 가면 미코버 씨는 너무 분해서 어쩔 줄 몰랐다. 부인 말로는 그가 면도칼로 자살을 시도한 적도 있었다는 것이다.

하지만 그것도 잠시뿐, 30분 정도 지나면 미코버 씨는 언제

그랬냐는 듯, 구두를 정성 들여 닦아 신고 점잔을 빼면서 외출한다. 그런 유연성은 미코버 부인도 만만치 않았다. 정부의 세금 때문에 기절하다시피 했다가도 한 시간 후면 양고기와 빵에다 술까지 곁들여 식사를 준비하는 것이 바로 그녀였다. 은으로 된 찻숟가락을 전당포에 저당 잡히고 마련한 것이었다.

한번은 우연히 낮에 집에 와보니 미코버 부인은 난로 철망 앞에 기절하다시피 쓰러져 있었다. 낮에 강제 집행을 당한 것이었다. 그러나 바로 그날 밤, 그녀는 부엌 난로 앞에서 송아지 고기를 먹으며 친정부모와 옛 친구들 이야기를 아주 즐거운 표정으로 내게 들려주었다.

나는 바로 그 집에서, 그 사람들과 아주 자유롭게 지냈다. 1페니짜리 빵과 1페니짜리 우유로 된 아침 식사는 내가 직접 샀다. 나는 빵 한 조각과 치즈를 선반에 넣어두었다가 저녁 9시 일터에서 돌아온 후 저녁 식사로 먹었다. 그렇게 살아도 1주일에 6, 7실링 가지고는 모자랐다. 하지만 나는 온종일 창고에서 일하며 그 돈으로 살아가야만 했다. 그 어떠한 충고도 격려도 위로도 도움도 없는 생활이었으며, 거짓도 위선도 없는 삶이었다.

하지만 나는 너무 어렸다. 과자점 앞을 지날 때 유혹을 못 이기고 점심 먹을 돈으로 과자를 사기도 했다. 어떨 때는 레스토랑으로 들어가 근사한 식사를 시키고 맥주를 마시기도 했다. 내 삶은 자포자기의 삶이기도 했다. 나는 배불리 먹지도 못하고 거리를 떠돌았다. 신의 은총이 없었더라면 나는 도둑이나 부랑아가 되었을 것이다. 나는 내 일에서 보람을 느낀 적이 단 한 번도 없었고 늘 말할 수 없는 비참한 기분에 젖어 있었다. 그동안 페거티와 여러 번 「편지」를 주고받았으나 나의 괴로운 심정을 털어놓은 적은 없었다. 한편으로는 그녀를 슬프게 하고 싶지 않았기 때문이고, 다른 한편으로는 그런 이야기를 하는 게 창피했기 때문이다.

그 가운데 한 가지 위안이 있었다면 미코버 씨와 가까워진 것이었다. 나이 차이가 났음에도 불구하고 그와 나 사이에는 이상한 우정 같은 것이 싹텄다. 하지만 나는 이들이 청하는 식사에 한 번도 응하지 않았다. 이들이 정육점이나 빵가게 주인과 얼마나 사이가 나쁜지 잘 알고 있었기에 이들의 음식을 축내고 싶지 않았던 것이다.

부인도 나를 완전히 믿게 되었다. 어느 날 밤 그녀는 내게 모든 것을 털어 놓았다.

"코퍼필드, 난 너를 남이라고 생각하지 않아. 그래서 다 털어놓는 거야. 이제 정말 다 거덜 났어. 치즈 몇 조각 외에는 집에 먹을 거라곤 없어."

그때 내 주머니에는 주급으로 받은 돈 중에서 2, 3실링이 남아 있었다. 나는 그 돈을 꺼내 그녀에게 주었다. 그러자 그녀는 한사코 그 돈을 거절하더니 다른 부탁이 있다고 했다. 나는 무슨 부탁이냐고 그녀에게 물었다.

"나는 은식기들을 조금씩 남편 몰래 저당 잡혀 왔어. 참 괴로운 일이야. 아직 처분할 만한 게 조금 남아 있는데 쌍둥이들 때문에 내가 시간이 나질 않아. 게다가 남편이 그 물건들을 아주 아끼거든……."

나는 금세 그녀의 말을 알아들었다. 나는 그날 밤부터 그 집 살림살이 중에서 바로 들고 나갈 수 있는 간단한 물건부터 처분하기 시작했다. 그리고 매일 아침 일터로 가기 전에도 똑같은 일을 했다. 심부름을 한 뒤에는 미코버 부인이 푸짐한 저녁을 차려주었다. 그런 식사는 유별나게 맛이 있었다.

드디어 미코버 씨의 어려움이 절정에 달했다. 결국 그는 어느 날 체포되어 채무불이행자들을 가두는 교도소로 끌려갔다. 그도 가슴이 찢어지는 것 같았겠지만 내 가슴 또한 찢어지는 듯했다.

　나는 여전히 머드스톤 앤드 그린비 상점에서 일했다. 조금도 변한 것이 없었다. 변화가 있다면 내가 점점 초라해져간다는 것을 깨닫게 된 것, 그것밖에 없었다. 아, 또 한 가지 있다. 미코버 부인이 아예 교도소 안으로 침대를 옮겨 이사해버린 것이고 나는 교도소 근처에 방을 하나 얻었다는 것이다. 채권자들에게 시달리는 교도소 밖 생활보다 그 안의 생활이 차라리 편했기에 이들 부부는 짐을 던 셈이었다. 게다가 부부가 모두 교도소 생활을 한다는 것이 알려지자 이들의 친구와 친척들이 이들을 도우려고 나섰다. 이들은 교도소 안에서 아주 편안하게 지냈다. 물론 상대적으로 그렇다는 말이다.

중대 결심을 하다

　　얼마 안 되어 미코버 씨는 감방에서
풀려났다. 그가 「탄원서」를 냈고 그것이 받아들여진 것이다.

　　감방에서 풀려난 미코버 씨는 런던을 떠나 1주일 뒤 플리머
스로 가겠다고 했다. 무슨 특별히 할 일이 그곳에 있었던 것은
아니었다. 무언가 새로운 계기를 마련해보겠다는 막연한 생각
뿐이었다.

　　나는 미코버 가족과 정이 들었고 그들이 어려움을 겪을 때
는 내게 속사정을 다 털어놓을 정도로 친하게 지냈다. 나는 이
들 외에 이곳에 아는 사람이 없었다. 이들이 이곳을 떠나면 나
는 새로운 하숙을 구해야 하며 다시 낯선 사람들과 지내야만

했다. 그동안 머드스톤 남매에게서는 「편지」 한 통 오지 않았고 새 옷 한두 벌과 헌 옷가지 한두 꾸러미가 퀴니언 씨를 통해 전달되었을 뿐이다.

떠나기 전날 나는 미코버 부부와 저녁을 함께 했다. 그는 내게 심각하게 충고했다.

"코퍼필드, 내가 네게 충고해줄 말이 하나 있어. 한 해 수입이 20파운드인데 19파운드 19실링 6펜스만 지출하면 행복해질 수 있어. 하지만 지출이 20파운드 6실링이면 나처럼 불행해지는 거야. 꼭 명심해."

나는 명심하겠다고 확실하게 대답했다. 당시 나는 그의 충고에 감명을 받았던 것을 확실히 기억한다. 하지만 내게 해준 그 충고를 그 자신이 지키며 살게 되었는지는 자신이 없다. 어쨌든 그 충고를 뒤로하고 다음 날 이들은 떠났다.

이들이 떠나자 나도 이곳을 떠나야만 하겠다는 생각이 강하게 들었다. 이곳에서 따분하게 하루하루를 보낸다는 것은 죽기보다 싫었다. 한시라도 빨리 이곳에서 달아나야겠다는 생각뿐이었다.

그때 내가 어떻게 그 생각을 할 수 있었는지 지금도 신기하기만 하다. 내게는 마치 하늘이 내린 선물처럼 미스 벳시의 이름이 떠올랐던 것이다. 그래 무슨 수를 쓰더라도 시골로 가서 고모할머니를 만나자! 고모할머니에게 내 모든 것을 다 털어놓자!

정말 무모한 생각이었는지 모른다. 하지만 일단 그 생각이 머리에 떠오르자 절대로 돌이킬 수 없는 확고한 목표가 되어 버렸다. 내 평생 이때보다 더 확실한 목표를 가진 적은 없었을 것이다. 성공하리라는 희망도 없었지만 나는 그 일을 감행하기로 마음먹었다.

나는 미스 벳시의 주소도 몰랐다. 나는 일단 페거티에게 긴 「편지」를 썼다. 나는 내 계획을 숨긴 채 슬쩍 미스 벳시가 사는 곳을 아느냐고 물어보았다. 나는 적당한 장소를 꾸며대며, 그곳에 이러이러한 여자가 사는데 혹시 고모할머니가 아닌지 궁금해서 물어본다고 뚱딴지 같은 소리를 적었다. 그리고 좀 특별한 일이 있어 반 기니(10실링 정도)의 돈이 필요한데 나중에 꼭 갚을 테니 빌려달라는 내용도 덧붙였다. 그 돈을 어디에 썼는지 나중에 알려주겠다는 말을 하는 것을 잊지 않았음은 물론이다.

곧 페거티에게서 「답장」이 왔다. 언제나 그렇듯이 애정이 가득한 내용이었다. 반 기니의 돈도 들어 있었다. 구두쇠로 유명한 바키스 씨에게 엄청 고생한 끝에 받아낸 것이 틀림없었다. 미스 벳시는 도버 근처에 살고 있는 건 확실한데 그게 바로 도버인지, 아니면 그 근처 다른 도시인지 자세히 모른다고 했다. 그러면서 그녀는 주변 도시 이름들을 나열했다. 작업장 동료에게 물어보니 모두 가까이 붙어 있는 도시라고 말해주었다. 나는 그만하면 목적을 달성할 수 있으리라 생각하고 주말에 출발하기로 결심했다. 나는 정직한 꼬마였다. 그 주의 품삯을 선불로 받았으니 주말까지 일을 하고 출발하기로 한 것이다. 게다가 남은 사람들에게 나쁜 인상을 심어주기 싫었다.

나는 전에 살던 하숙집 2층에 짐을 꾸려놓고 삯 마차를 불렀다. 그런데 짐을 마차에 다 싣는 순간 마차가 쏜살같이 출발해버리는 것이 아닌가? 내가 아직 어린애란 걸 안 마부가 내 짐을 가로채려고 미리 마음먹고 있었던 것이다. 나는 그 마차를 쫓아가다가 주머니에 넣었던 반 기니의 동전도 잃어버리고 말았다. 나는 머릿속이 온통 뒤죽박죽이었다. 하지만 결심을 돌이킬 수는 없었다. 나는 울면서 도버 거리를 향해 길을

중대 결심을 하다

115

떠났다.

내가 태어나던 그날 밤, 나는 미스 벳시에게 큰 실망과 불쾌감을 안겨주었다. 그런데 그날 밤보다 더 가진 것이 없는 빈털터리인 채, 고모할머니를 찾아 나선 것이다.

도버에 도착하기까지 꼬박 6일이 걸렸다. 겨우 3펜스 반밖에 수중에 지닌 게 없이 길을 떠났으므로 고생은 이루 말할 수 없었다. 나는 도중에 조끼도 팔고 저고리도 팔았다. 밤에는 세일렘 학교 근처 건초 더미에서 자기도 했고 하루에 35킬로미터씩 걷기도 했다. 나는 어려운 일을 당할 때마다 어머니의 모습을 떠올리며 용기를 냈다. 밭 구석에서 잠을 잘 때도, 아침에 눈을 뜰 때도, 어머니의 환영은 늘 내 곁에 있었다.

나는 드디어 도버 근처 드넓은 초원지대에 이르렀다. 어머니의 환영이 그 삭막한 곳을 희망으로 바꾸어주는 것 같았다.

그런데 정말 이상한 일이 벌어졌다. 천신만고 끝에 그렇게 갈망하던 도버에 도착하니 내게 힘을 주던 어머니의 환영은 사라지고 나는 그만 의기소침해져버린 것이다. 다 낡아빠진 구두를 신고 온몸에 먼지를 뒤집어쓴 나, 햇볕에 새까맣게 탄 얼굴로 거의 벌거벗다시피 한 나, 그 초라한 모습으로 그곳에서니, 이제까지의 용기가 어디론가 사라져버린 것이다.

나는 어쨌든 고모할머니를 찾기로 했다. 나는 무턱대고 사람들에게 물었다. 뱃사람들에게도 물었고 삯 마차 마부들, 상인들에게도 물었으나 대답이 제각각이었다. 형편없는 내 꼬락서니를 보고 아예 상대를 안 하거나 아무렇게나 대답하는 사람들도 있었다. 이번 도주 길에서 이보다 더 비참하게 버려진 기분에 젖은 적도 없었다. 수중에 돈은 한 푼도 없었으며 더 이상 팔 만한 것도 없었다. 나는 배가 고프고 목이 말랐으며 무엇보다 기진맥진했다. 런던에 있었을 때보다 목적지가 더 멀게 느껴졌다.

나는 마지막 힘을 다해 가까운 언덕 위에 보이는 대여섯 채 집들을 향해 걸어갔다. 나는 그중 한 잡화점으로 들어가서 미스 트롯우드의 집을 가르쳐주면 감사하겠다고 무턱대고 말했다. 한 젊은 여자에게 쌀을 담아주고 있던 주인이 나를 돌아보았다. 그런데 내게 대답한 것은 주인이 아니라 바로 그 여자 손님이었다.

"우리 주인마님 말이니? 왜 그러는 거니? 구걸이라도 하겠다는 거야?"

중대 결심을 하다

그녀의 말투를 들으니 고모할머니의 하녀 같았다. 오, 하나님! 드디어 나는 고모할머니를 찾게 된 것이다.

나는 대답했다.

"제가 그분께 드릴 말씀이 있어서입니다."

그녀는 자기를 따라오라고 했다. 나는 너무도 흥분해서 다리가 후들후들 떨렸다. 젊은 여자를 따라가니 얼마 안 되어 조그맣고 깨끗한 집이 나타났다. 집 앞에는 정원이 있었고 정성들여 가꾸어진 꽃들에게서 감미로운 향기가 풍기고 있었다.

나를 거기까지 데려다준 젊은 여자가 말했다.

"여기가 미스 트롯우드의 집이야. 집을 알려줬으니 난 할 일 다 한 거다."

그녀는 마치 나를 거기까지 데려온 책임을 모면하려는 듯 재빨리 안으로 들어가버렸다.

나는 초라하기 그지없는 행색을 하고 집 앞에 홀로 남았다. 구두는 애처로울 정도로 해져 있었으며 모자는 구겨지고 일그러져서 두엄 위에 내던져버린 찌그러진 냄비조차 그보다는 나을 정도였다. 게다가 입고 있는 옷 꼴은 또 어떤가? 땀과 밤이슬과 흙이 묻어 있는데다 여기저기 찢어져 있어, 고모할머니 댁 정원에 있는 새들도 놀라 달아날 지경이었다. 게다가 내 머리칼은 런던을 떠난 이후 빗이라고는 만나본 적도 없었다. 또 머리에서 발끝까지 하얀 먼지를 뒤집어써서 마치 방금 석회 더미에서 나온 것 같았다. 나는 저 무서운 고모할머니 앞에 그런 꼬락서니를 한 채 나타나 심판을 받으려 하고 있었던 것이다.

거실 창문에 아무런 인기척도 없어서 혹시 고모할머니가 안 계신 거나 아닌가 하는 생각이 내게 들었다. 나는 고개를 들어 바로 위층의 창문을 바라보았다. 그랬더니 머리털이 희끗희끗한 신사가 상냥하고 유쾌한 표정으로 한쪽 눈을 찡긋하며 몇 번 고개를 끄덕이기도 하고 가로젓기도 하더니 이내 사라져버리는 것이 아닌가!

그 모습을 보고 가뜩이나 불안하던 나는 더 불안해졌다. 잘못 찾아온 거 아닐까 하는 생각도 들고 도대체 어떻게 할지 몰랐다. 나는 일단 물러나서 생각을 가다듬어보기로 작정했다. 그때였다. 모자 위에 손수건을 동여맨 부인 한 명이 집에서 나왔다. 손에는 정원용 장갑을 끼고 있었으며 커다란 주머니가 달린 앞치마를 걸치고 있었고 큰 칼을 들고 있었다.

나는 그녀가 미스 벳시라는 것을 금방 알아차렸다. 뻣뻣한 걸음걸이가, 불쌍한 나의 어머니가 가끔 묘사했던 모습 그대로였기 때문이다.

그녀는 나를 보더니 고개를 젓고 손을 허공에 흔들며 소리쳤다.

"썩 저리 가지 못해! 여긴 너 같은 애가 올 데가 아냐. 저리 가라니까!"

그러더니 고모할머니는 정원 모퉁이로 가서 몸을 숙이고 나무뿌리를 캐기 시작했다. 나는 조용히 고모할머니 곁으로 다가가서 손가락으로 그녀를 건드렸다. 용기를 낸 것이 아니었다. 내게는 아무런 자신감도 없었다. 그냥 될 대로 되라는 심정으로 그런 대담한 행동을 한 것이었다.

"저, 할머니, 고모할머니. 저는, 저는 할머니의 조카 손주랍니다."

고모할머니는 "오, 맙소사!"라고 소리치더니 길 한가운데 바닥에 주저앉았다.

"저는 서퍽 주 블룬더스톤의 데이비드 코퍼필드입니다. 제가 태어나던 날 고모할머니가 저를 보러 오셨었지요. 어머니가 돌아가신 다음 저는 정말 불행하게 살았어요. 무시당하고 교육도 받지 못하고 제게 어울리지도 않는 일을 해야 했어요. 그래서 도망쳐서 고모할머니를 보러 온 거랍니다. 오면서 도둑에게 가진 걸 다 빼앗기는 바람에 여기까지 걸어왔어요."

말을 마치자 온몸의 힘이 다 빠져버렸다. 내가 그동안 얼마나 고생했는지 보여주려고 형편없는 꼴의 두 손을 고모할머니에게 내미는 순간 내게서 울음이 폭발해버렸다. 그리고 그동안 쌓였던 눈물이 한꺼번에 쏟아져내렸다.

어이없다는 듯 나를 지켜보고 있던 고모할머니는 내가 울음을 터뜨리자 나를 부리나케 집 안으로 데리고 들어갔다. 고모할머니는 찬장 문을 열더니 병을 몇 개 꺼내서 안에 들어 있는 것들을 차례로 내 입에 부어넣었다. 우선 뭔가 먹여야겠다고 생각한 것이 틀림없었다. 고모할머니는 아무렇게나 손에 잡히는 대로 내 입에 부어준 것 같았다. 아니스 열매즙 맛도 났고, 멸치젓갈 소스 냄새도 났으며 샐러드드레싱 맛도 났던 것이다.

내가 울음을 그치지 않자 고모할머니는 나를 소파에 눕힌 후 벨을 울렸다. 하녀가 들어오자 고모할머니가 말했다.

"자넷, 2층으로 가서 딕 선생에게 내 안부를 전하고, 내가 여쭐 것이 있다고 말씀드려."

고모할머니는 뒷짐을 진 채 거실 안을 왔다갔다 했다. 얼마 후 내게 윙크를 보냈던 2층 신사가 너털웃음을 터뜨리며 거실로 들어왔다.

고모할머니가 웃을 일이 아니라고 손사래를 친 후 말했다.

"딕 선생, 내가 언젠가 데이비드 코퍼필드에 대해 이야기한 적이 있지요?"

"데이비드 코퍼필드요?" 그는 고개를 갸우뚱하더니 말했다. "그러신 것 같아요. 맞아요, 이야기하셨어요." 하지만 별로 확신하는 투는 아니었다.

"글쎄, 이 애가 일을 저질렀어요. 집에서 도망 나왔다는 거지 뭐예요. 계집애였다면 그런 일은 없었을 텐데. 자, 단도직입적으로 물을 게요. 이 애를 어떻게 하면 좋지요?"

그는 나를 멍하니 바라보았다. 그러더니 갑자기 영감이라도 떠오른 것처럼 재빨리 말했다.

"나라면 목욕을 시키겠어요."

"맞아. 딕 선생은 언제나 옳은 소리만 한단 말이야. 자넷, 어서 목욕물을 데우도록 해."

그들의 대화 자체가 너무 재미있었다. 나는 그 와중에도 고모할머니와 딕 씨, 그리고 자넷을 자세히 살펴보았다.

고모할머니는 키가 컸고 강인한 인상이었지만 절대로 불쾌감을 주지는 않았다. 얼굴 생김새나 목소리, 걸음걸이와 태도에는 온통 단호함이 배어 있어서 나의 어머니처럼 온순한 사람은 그것만으로도 겁을 집어먹기에 충분했을 것이다. 얼굴도 엄하고 고집스럽게 생기기는 했지만 가만 보면 아름다운 얼굴이었다. 나는 특히 고모할머니의 생기 있게 빛나는 두 눈에 깊은 인상을 받았다.

딕 씨는 희끗희끗한 머리를 하고 있었지만 노인네는 아니었고 혈색도 좋았다. 그는 나이에 걸맞지 않게 허리가 구부정했다. 그의 눈은 마치 축축하게 젖은 채 빛을 내고 있는 것 같아서 약간 정신이 나간 사람처럼 보이기도 했다.

자넷은 고모할머니의 명대로 내 목욕물을 준비하러 밖으로 나갔다. 그때였다. 고모할머니가 소리를 버럭 질렀다.

"아니, 저런! 자넷! 당나귀야!"

그 소리에 자넷은 마치 집에 불이라도 난 듯 지하실로부터 부리나케 계단을 뛰어 올라왔다. 그리고 밖으로 뛰어 나가더니 이제 막 잔디밭에 발을 들여놓으려던 두 마리 당나귀를 몰아내버렸다. 당나귀 등에는 어떤 부인이 타고 있었다. 고모할머니도 곧바로 따라 나가 한 아이가 걸터앉아 있는 세 번째 당나귀를 잔디밭에서 몰아내더니 그 당나귀를 몰고 있던 시동의 따귀를 때려버렸다. 성지를 모독한 벌을 받은 것이다.

나는 고모할머니가 그 푸른 잔디밭에 대해 무슨 법적인 권리를 가지고 있는지는 모른다. 하지만 그건 아무래도 좋았다. 고모할머니는 자신이 그런 권리를 갖고 있다고 생각했고 그것으로 그만이었다. 고모할머니에게는 깨끗한 잔디밭 위를 당나귀가 지나가는 게 가장 모욕적인 일이었다. 아무리 재미있는 대화를 나누고 있던 중이라 할지라도 잔디밭에 당나귀 모습만 보이면 눈을 까뒤집고 그쪽으로 달려갔다.

그런데 그 전투는 거의 온종일 이어졌다. 말을 먹이는 애들에게는 그 일이 아주 재미있는 장난이었다. 고모할머니가 내리는 벌이 대수롭지 않다는 것을 알게 된 아이들은 고모할머니를 골려주려는 심산으로 일부러 잔디밭을 밟고 가곤 했다. 그날 목욕물을 데우는 동안에도 그런 소동은 세 번이나 벌어졌다. 소동이 벌어지지 않는 짬짬이 고모할머니는 내게 고기 수프를 먹여주었다. 고모할머니는 내가 굶어죽기 직전이므로 조금이라도 더 영양분을 섭취해야 한다고 말했다.

목욕을 마치자 고모할머니와 자넷이 딕 씨의 셔츠와 바지를 내게 입힌 후 커다란 숄로 감싸주었다. 피곤했던 나는 소파에 누워 그대로 잠이 들어버렸다. 내가 잠에서 깨어났을 때, 어쩐지 고모할머니가 내 곁에서 계속 나를 지켜보고 있었다는 느낌이 들긴 했지만 확실하지는 않다.

잠에서 깨자 통닭구이와 푸딩으로 식사를 했다. 식사를 하면서도 고모할머니가 나를 어떻게 할 것인지 궁금했다. 하지만 식사 도중 고모할머니는 내게 아무 말도 하지 않았다. 가끔 맞은편의 나를 바라보며 "자비를 베푸소서!"라고 말하기는 했지만 그 말만으로 내 궁금증이 풀릴 리 만무했다.

식사가 끝나자 딕 씨가 내려와 우리와 함께했다. 고모할머니는 이런저런 질문을 해서 나에 대한 궁금증을 모두 푼 다음에 한마디했다.

"도대체 그 애가 어쩌자고 또 결혼을 한 걸까?"

고모할머니는 나의 어머니 이야기를 한 것이었다.

그러자 딕 씨가 대답했다.

"그야 두 번째 남편과 사랑에 빠졌기 때문이겠지요."

"사랑? 그게 무슨 말이에요? 누군가를 또 사랑해? 계집애를 낳을 줄도 모르면서. 벳시 트롯우드는 도대체 어디로 가고. 게다가 그 결과가 뭔데? 이 아이의 행복을 망친 거잖아. 이 나이에 벌써 이렇게 떠돌이 신세가 될 걸 몰랐단 말이야? 봐요. 이 아이는 아직 어린앤데 카인처럼 세상을 떠돌게 되어버렸잖아요."

딕 씨는 카인이 이렇게 생겼구나, 확인하려는 것처럼 나를 빤히 바라보았다. 그런 딕 씨를 바라보면서 고모할머니가 심각한 표정으로 그에게 말했다.

"자, 딕 선생, 당신이라면 그 아이를 어떻게 하시겠어요?"

"저요? 저라면 잠을 재우겠습니다."

그러자 고모할머니는 아주 만족스러운 듯 의기양양하게 자넷에게 말했다.

"자넷, 딕 선생이 아주 좋은 의견을 내주었어. 잠자리가 준비되는 대로 애를 재우도록 해."

자넷이 잠자리가 이미 준비되어 있다고 하자 나는 곧바로

2층으로 이끌려갔다. 고모할머니가 앞장서고 자넷이 뒤를 따랐다.

방은 마음에 들었다. 집 꼭대기에 있어서 바다가 내려다보였다. 바다는 달빛을 받아 훤하게 빛나고 있었다. 나는 잠자리기도를 올린 후 하염없이 바다를 바라보았다. 마치 바다가 내미래를 알고 있을 것 같았다. 이윽고 나는 침대에 누웠다.

그날 밤 나는 침대에 누워, 다시는 하늘을 지붕 삼아 벌판에서 밤을 지새우는 신세가 되지 않게 해달라고 얼마나 열심히 기도를 했던가! 집 없는 쓰라린 심정을 결코 잊지 않겠다고 얼마나 수없이 다짐을 했던가!

나는 쓸쓸한 바다 위에 달빛이 만들어 놓은 길 위를 떠다니는 것 같은 기분에 젖어, 그 길이 인도하는 꿈의 나라로 천천히 빠져들어갔다.

고모할머니, 내 운명을 결정하다

다음 날 아침 아래층으로 내려가니 아침 식사가 차려져 있는 식탁에 고모할머니가 팔꿈치를 괴고 몸을 굽힌 채 생각에 잠겨 있는 모습이 보였다. 찻주전자의 물이 넘쳐 식탁보를 적시는 것도 의식하지 못하고 있었다. 내가 들어서자 비로소 고모할머니는 명상에서 벗어났다. 내 생각을 하고 계신 것이 틀림없었다. 하지만 나는 감히 여쭤볼 용기가 나지 않았다.

내가 식사를 하는 둥 마는 둥 허둥대는 것을 고모할머니는 말없이 바라만 보고 계셨다.

이윽고 한참 만에 고모할머니가 입을 열었다.

"얘야, 내가 그 사람에게 「편지」를 썼다."

"누구에게요?"

"네 의붓아버지 말이다. 잘 생각해보라고 썼어. 안 그러면 그 사람과 내 사이가 영 안 좋아질 거라고 했지. 필경 그렇게 되겠지만……."

나는 소리를 지르고야 말았다.

"아, 안 돼요! 그 사람 집으로 돌아갈 수 없어요!"

"내가 어떻게 할지 나도 몰라. 어쨌든 지금은 해줄 말이 없다. 두고 봐야지. 너 2층으로 가서 딕 씨에게 내 인사말 좀 전해줄래? 그리고 『회고록』 쓰는 일이 진척되었는지 물어봐줄래?"

나는 고모할머니가 시키는 대로 2층으로 올라갔다. 딕 씨는 고개를 숙이고 열심히 무언가 쓰고 있었다. 어찌나 쓰는 데 몰두해 있는지 내가 왔는지도 모를 정도였다. 그가 나를 알아보더니 펜을 놓았다. 나는 고모할머니의 메시지를 전했다.

"그래, 일단 시작은 했는데……, 어쨌든 쓰고 있어. 그런데 너 학교 다닌 적 있니?"

"예, 하지만 별로 길지 않았습니다."

"그럼 너 찰스 1세의 목이 달아난 연도를 기억하고 있니?"

나는 1649년인 것 같다고 대답했다.

그러자 딕 씨는 펜으로 귀를 긁으며 의심스러운 표정으로 말했다.

"그래, 책에 그렇게 씌어 있지. 그처럼 오래전 일인데, 어떻게 왕의 목이 달아난 뒤, 그의 머릿속에 있던 것들이 내게 자꾸 떠오르는 거지?"

난 그의 말을 멍청하게 듣는 수밖에 없었다. 도무지 무슨 말인지 알아들을 수 없었다. 그가 계속 말했다.

"하지만 상관없어. 시간은 충분해. 미스 트롯우드에게 전해 줘. 일이 아주 잘 진행되고 있다고."

내가 나가려고 하자 그가 연을 가리키며 말했다.

"저 연, 어떻게 생각하니?"

나는 참 아름다운 연이라고 대답했다. 높이가 7피트(약 180센티미터)는 되어 보이는 연이었다.

"내가 직접 만들었어. 언젠가 나하고 한번 날려보자. 자, 여길 보려무나."

그가 가리키는 곳을 보니 그 연은 원고를 덧붙여 발라서 만든 것으로서 자잘한 글씨가 빼곡히 씌어 있었다.

"연줄도 아주 길단다. 연이 높이 날아가면 찰스 1세의 목에 관한 이야기도 그만큼 멀리까지 가는 거지. 어디 가서 떨어질지는 몰라. 아무튼 날려 보내는 거지."

그 말을 하는 그의 표정이 하도 부드럽고 상냥해서 나는 그가 그저 재미있는 농담을 할 뿐이라고 생각했다. 내가 웃자 그도 웃었다. 우리는 금세 친해졌다.

나는 아래층으로 내려가서 딕 씨가 아주 순조롭게 『회고록』을 쓰고 있다고 대답했다. 그러자 고모할머니가 내게 물었다.

"얘야, 네 생각에 그 사람 어떤 거 같니?"

"글쎄요, 그 사람, 그 사람…… 조금 이상하지 않아요?"

나는 어물어물 말해버렸다. 아주 미묘한 문제와 만나고 있음을 직감했기 때문이다.

그러자 고모할머니가 힘주어 말했다.

"절대로 그렇지 않아! 그를 미친 사람 취급하는 이들도 있지. 하지만 그를 미쳤다고 하는 놈들이 더 이상한 놈들이야. 그런데 번듯하고 훌륭한 사람들이 다 그를 돌았다고 하니…… 딕 씨는 내 먼 친척이란다. 만약 내가 아니었다면 그의 형이 평생 그를 정신병원에 가두어놓았을 거야. 멀쩡한 사람을 왜 그런데 가두냐고, 내가 떠맡겠다고 말해서 데리고 온 거지. 얘야, 그가 네게 찰스 1세 이야기를 하더냐?"

"네, 했어요. 고모할머니."

고모할머니는 조금 화가 난 듯 코를 비비며 말했다.

"그 사람은 그렇게 비유적으로 말하길 좋아하지. 실은 자기 이야기를 쓰는 거야. 그걸 높은 사람들에게 보이려는 거야. 「탄원서」 같은 거지. 자기의 병을 이 세상의 혼란과 결부시켜 생각하는 거야. 암튼 그놈의 수사법에서 벗어나기만 하면 금방 쓸 수 있을 거야."

나는 고모할머니의 말씀도 도무지 이해할 수가 없었다. 어쨌든 딕 씨가 자신의 『회고록』에서 찰스 1세 이야기를 빼려고 몇십 년 동안 애를 썼지만 결국 성공하지 못했다는 것을 나는 나중에 알게 되었다.

고모할머니가 덧붙였다.

"다시 말하지만 그의 마음을 제대로 이해하는 사람은 나밖에 없어. 그는 이 세상에서 제일 상냥하고 양순한 사람이야. 가끔 연을 날리고 싶어할 뿐인데, 그게 뭐가 이상하다는 거지?"

나는 고모할머니가 딕 씨에 대한 이런 특별한 이야기를 내게 자세히 말해주는 것을 듣고 잔뜩 희망에 부풀었다. 나도 딕 씨처럼 고모할머니 품에서 보호를 받을 수 있을 것 아닌가!

드디어 머드스톤 씨에게서 「답장」이 왔다. 놀랍게도 고모할머니와 직접 상의하기 위해 바로 내일 찾아온다는 것이었다.

다음 날 나는 머드스톤 씨가 찾아오길 초조하게 기다리고 있었다. 시간이 흐를수록 얼굴이 달아올랐으며 가슴이 두근거렸다. 당장에라도 그의 무서운 얼굴이 나타날 것 같아 깜짝깜짝 놀라곤 했다. 고모할머니는 그를 맞이하기 위해 별다른 준비를 하는 것 같지는 않았다. 고모할머니는 창가에 앉아 한가롭게 바느질을 하고 있었다.

점심때쯤 되어서였다. 고모할머니가 갑자기 소리쳤다.

"저, 저, 당나귀!"

밖을 내다보니 말을 타고 온 미스 머드스톤이 그 성스러운 잔디밭에 말을 세운 채 주위를 둘러보고 있었다. 고모할머니가 창밖을 향해 주먹을 흔들고 고개를 저으면서 큰 소리로 외쳤다.

"썩 나가지 못해요! 여기 무슨 볼일이 있다고! 어서 썩 꺼

저요. 뻔뻔스럽게!"

내가 기회를 봐서 저 여자가 미스 머드스톤이며 그 뒤를 따르는 남자가 머드스톤 씨라고 고모할머니에게 알려주었다. 하지만 고모할머니는 여전히 환영하는 것과는 전혀 거리가 먼 몸짓을 하며 소리쳤다.

"누구든 상관없어! 내 잔디밭에 함부로 침범하다니, 절대 용서 못해! 자넷, 어서 저 사람을 끌어내!"

이어서 소동이 벌어졌다. 말을 억지로 잔디밭에서 끌어내려는 자넷, 꼼짝도 하지 않는 말, 양산으로 자넷 양의 어깨를 때리는 미스 머드스톤, 어느새 몰려와 그 광경을 재미있게 구경하는 아이들 등 참으로 볼만한 광경이었다.

결국 고모할머니가 밖으로 뛰쳐나가고 머드스톤 남매가 말에서 내리는 것으로 소동이 끝났다. 말들이 잔디밭에서 나가자 고모할머니는 머드스톤 남매는 안중에도 없는 듯 씩씩거리며 안으로 들어가버렸고 머드스톤 남매는 그녀의 뒤를 따라왔다.

자넷이 들어와서 이들이 누구라고 정식으로 알릴 때까지 고모할머니는 이들의 존재를 무시했다.

"고모할머니, 저는 나갈까요?" 나는 떨면서 말했다.

"아니, 여기 이대로 계셔야지."

그때 머드스톤 남매가 방으로 들어왔다. 고모할머니가 이들에게 말했다.

"아, 누군지 몰라서 법석을 떨었군요. 하지만 그 누구든 말을 타고 잔디밭에 들어오는 건 용서 못 합니다. 예외가 있을 수 없어요."

그러자 미스 머드스톤이 말했다.

"거참, 댁을 처음 방문하는 사람에게는 참으로 성가신 규칙이군요."

또다시 한바탕 싸움이 일어날까봐 겁이라도 난 듯 머드스톤 씨가 재빨리 끼어들었다.

"저, 미스 트롯우드……."

그가 뭐라고 말하기도 전에 고모할머니가 날카로운 목소리로 말했다.

"실례지만, 당신이 죽은 내 조카의 마누라와 결혼한 머드스톤 씨요?"

"네, 그렇습니다."

그러자 고모할머니가 자넷을 시켜 딕 씨를 내려오라고 전했다. 딕 씨가 내려오자 고모할머니가 그를 머드스톤 남매에게 소개했다.

그러자 머드스톤 씨가 말했다.

"미스 트롯우드, 아실까 모르겠지만 이 아이는 언제나 집안의 골칫거리였습니다. 음흉한데다 반항심이 강하고 고집이 세서 다루기 힘든 놈입니다. 누님과 내가 그 못된 성격을 고쳐주려고 애를 썼지만 소용이 없었지요."

그러자 머드스톤 양이 끼어들었다.

"동생 말대로입니다. 이 아이는 정말 악질입니다."

그러자 머드스톤 씨가 말을 이어받았다.

"하지만 이 아이를 키우는 최선의 방법을 나는 나름대로 알고 있습니다. 나는 이 애를 끝까지 책임질 겁니다. 결론부터 말하지요. 나는 이 애를 데리러 왔습니다. 미스 트롯우드, 당신은 저애 편을 들고 싶으시겠지요. 저 애가 털어놓은 불평들을 당신이 듣고 안 듣고는 내가 상관할 바가 아닙니다. 하지만 이것 한 가지는 똑바로 아셔야 합니다. 일단 이 애 편을 들면 평생 그러셔야만 합니다. 지금 이 애와 우리 사이에 당신이 끼어들면 평생 그러셔야 할 겁니다.

아까도 말씀드렸지만 우리는 이 애를 데리고 가려고 왔습니다. 그리고 이게 마지막입니다. 이 애가 갈 생각이 없고 당신도 그렇게 생각하신다면 우리 집 문은 이 애에게 영영 닫혀버릴 겁니다. 대신 당신의 집 문이 열려 있겠지요.”

그러자 고모할머니가 내게 물었다.

“데이비드, 네 생각은 어떠니? 이 사람들을 따르고 싶니?”

나는 세차게 고개를 가로저었다. 그리고 저 사람들과 지내면서 정말 슬펐다고 말했다. 그러자 고모할머니가 딕 씨에게 물었다.

“딕 선생, 이 아이를 어떻게 하면 좋겠어요?”

딕 씨는 어려운 문제를 만난 듯 생각에 잠겼다. 그는 잠시 머뭇거리다가 이내 싱긋 웃으며 대답했다.

“당장 옷을 한 벌 해 입히지요.”

그러자 고모할머니가 기세 좋게 말했다.

“딕 선생, 손을 이리 줘요. 선생은 언제나 정말로 값진, 건전한 상식을 보여준단 말이야.”

그러더니 고모할머니는 나를 끌어당기며 머드스톤 씨에게

말했다.

"당신 원하실 때 아무 때나 가버려도 좋아요. 이 아이는 내가 맡겠어요. 당신 말대로 나쁜 아이라면 나도 벌을 줄줄 알아요. 하지만 당신 말을 당최 믿을 수가 있어야지. 이렇게 직접 와줘서 고마워요. 당신들이 어떤 사람들인지 직접 확인할 수 있게 해주었으니.

자, 안녕, 잘들 가세요. 미스 머드스톤, 당신도 안녕, 잘 가세요. 다시 우리 집 잔디밭 위로 당나귀를 끌고 오는 날에는 당신 모자를 벗겨 확실하게 짓밟아줄 거예요."

정말 예기치 않은 고모할머니의 말이었다. 그 말을 한 고모할머니나 그 말을 들은 미스 머드스톤의 얼굴 모습은 제아무리 뛰어난 화가라 해도 제대로 그려낼 수 없을 것이다. 아무튼 그 말의 내용 못지않게 고모할머니의 표정과 몸짓이 거셌기에 미스 머드스톤은 한 마디 대꾸도 못하고 조심스럽게 동생의 팔짱을 끼고는 거드름을 피우며 나가버렸다.

이들이 나가자 고모할머니가 딕 씨에게 말했다.

"딕 선생, 당신도 나와 함께 이 아이의 보호자가 되어 줄 거지요?"

"물론이지요."

"딕 선생, 나는 이 애를 트롯우드라고 부르고 싶어요."

"좋지요. 데이비드의 아들 트롯우드."

"아니, 그냥 트롯우드 코퍼필드라고 부를 거예요."

고모할머니는 그날 새로 사온 내 옷들에 지워지지 않는 잉크로 '트롯우드 코퍼필드'라고 써 넣었다. 나는 새 이름을 갖고 새로운 환경에서 새로운 삶을 시작했다. 내 삶에 대한 불안이 사라졌으므로 꿈같이 행복한 나날들이었다. 더욱이 내게는 고모할머니와 딕 선생이라는, 두 명의 기묘한 보호자가 있었으니…….

제4장

새로운 삶을 시작하다

딕 씨와 나는 이내 절친한 친구가 되었고 그의 일과가 끝나면 우리는 곧바로 밖으로 나가 연을 날렸다. 그는 매일 쓰는 『회고록』을 찢어 연을 만드는 종이로 썼다. 찰스 1세가 늘 그 『회고록』에 끼어들어서 지금까지 썼던 것을 찢어버리고 매일 새로 썼기 때문이다. 하지만 그는 언젠가는 그 『회고록』이 끝나리라는 희망을 결코 버리지 않았다.

만일 『회고록』이 완성된다면 딕 씨가 거기서 무엇을 얻고자 한 것일까? 하지만 나나 그나 그 문제로 고민할 필요는 없었다. 저 하늘 아래 가장 확실한 것이 있다면, 그의 『회고록』은 결코 완성되지 않으리라는 것, 바로 그것이었기 때문이다.

그가 연을 하늘 높이 올리고 연줄을 풀어주는 장면은 정말 감동적이었다. 헌 종이로 연을 만들어 세상에 자기 생각을 널리 알린다는 발상은 덧없게 여겨졌지만 그가 연줄을 진지하게 감았다 풀었다 하며 열심히 연을 날리는 모습을 보면 그런 생각은 곧 사라져버렸다. 그때처럼 그가 평온해 보인 적은 없었다. 나는 고요한 하늘 위에 높이 떠 있는 연을 바라보며 그의 마음이 바로 저 하늘에 높이 떠 있는 것이라고 생각했다.

그가 연줄을 감아 들이면 연은 가까이 다가와 땅에 떨어졌다. 그러면 그도 꿈에서 깨어나는 것처럼 보였다. 그러면 그는 주위를 돌아보았다. 마치 자신도 연과 함께 땅에 떨어져 어리둥절해하는 것 같았다.

딕 씨와 나의 우정이 이렇게 깊어지는 동안 나를 향한 고모할머니의 애정도 깊어졌다. 고모할머니는 나를 '트롯'이라고 줄여서 불렀다. 계속 이렇게만 된다면 세상에 태어나지도 않은 내 동생 벳시 트롯우드를 향한 고모할머니의 사랑을 내가 받을 수 있으리라는 희망도 생겼다.

어느 날 저녁, 고모할머니는 딕 씨와 주사위 놀이를 하면서 내게 말했다.

"트롯, 네 교육 문제를 생각해볼 때가 된 것 같구나. 캔터베리에 있는 학교가 어떠니?"

나는 고모할머니의 말에 너무 기뻤다. 여기서 가까우니 아주 좋다고 나는 대답했다. 그러자 고모할머니가 말했다.

"좋아, 그럼 내일부터 다니는 게 어떻겠니?"

고모할머니가 번개처럼 일을 처리하는 데 이미 익숙해 있었기에 나는 별로 놀라지 않았다. 나는 그보다 좋은 일은 없을 것이라고 재빨리 대답했다. 단 한 가지 문제가 있다면 내가 자기 곁을 떠난다는 생각에 딕 씨가 크게 낙담한 사실뿐이다.

다음 날 고모할머니와 나는 캔터베리로 갔다. 고모할머니는 우선 위크필드 씨 집으로 가보자고 내게 말했다. 그가 학교를 운영하느냐고 내가 묻자 고모할머니는 그냥 사무실을 운영하고 있다고 대답하고는 더 이상 그가 누구인지 말해주지 않았다. 나도 더는 묻지 않았다.

마차는 길에 면해 있는 어느 낡은 집 앞에 멈추었다.

그 집은 티끌 하나 없이 깨끗했다. 아치형 문에는 화환 모양이 조각되어 있었고 문에 달린 놋쇠 고리는 반짝반짝 빛나

고 있었다. 비록 낡긴 했어도 집안 구석구석 모든 것들이 마치
산을 덮고 있는 흰 눈처럼 깨끗했다.

내가 열심히 집을 살펴보고 있는데 아래층 작은 창문에 시
체처럼 창백한 남자 얼굴이 나타났다가 이내 사라졌다. 이어
서 아치형 문이 열리더니 바로 그 남자가 다시 나타났다. 그는
머리칼은 빨간색이었으며 눈썹과 속눈썹이 거의 없었다. 나중
에 알게 된 것이지만 그는 열다섯 살의 소년이었다. 하지만 그
때 내게는 그가 어른처럼 보였다. 그는 어깨가 유난히 솟아 올
라와 있었고 앙상하게 마른 몸이었다. 꽤 좋은 양복을 입고 구
식 넥타이를 맸으며 목 부분까지 단추로 잠그고 있었다. 유난
히 길고 하얀 그의 손이 내 눈길을 끌었다.

그를 보자 고모할머니가 말했다.

"우라이아 힙, 위크필드 씨 계시니?"

"네, 계십니다. 안으로 들어오시겠습니까?"

그는 긴 손가락으로 방을 가리키며 더없이 공손하게 말했다.

우리가 방으로 들어가자 위크필드 씨가 반갑게 우리를 맞
으며 말했다.

"미스 트롯우드, 무슨 바람이 불어 여기까지 오셨습니까?

물론 좋은 바람이겠지요?"

"그럼요, 좋은 바람이지요. 소송 문제로 온 건 아니니까요."

나는 고모할머니 말을 듣고 그가 변호사라는 것을 알았다. 그의 눈썹은 아직 검은색이었지만 머리카락은 백발이었다. 첫눈에도 호감이 가는 인상이었다. 그의 얼굴을 보면서 왜 포트와인 생각이 났는지 몰랐다. 그의 목소리에는 윤기가 돌았고 몸은 뚱뚱했다.

고모할머니가 그에게 말했다.

"이 애는 내 조카랍니다."

"미스 트롯우드, 당신에게 이런 어린 조카가 있는 줄은 몰랐는데요."

"정확히 말한다면 내 조카의 아들이지요. 나는 이 애를 내 양자로 삼았어요. 학교에 넣으려고 데려온 거랍니다. 좋은 학교를 소개해주세요."

"물론 그래야지요. 하지만 지금 기숙사에 방을 얻기는 어려울 것 같은데요."

"그러면 하숙집을 구하면 되지요."

"그럴 거 없이 우리 집에 맡기세요. 조용한 아이 같으니 내

일에 방해가 될 것 같지는 않군요. 공부하기에는 우리 집이 최고지요. 수도원처럼 조용한데다 넓기까지 하니까."

고모할머니는 그의 제안에 흡족한 표정을 지었지만 당장 받아들이지는 않았다. 내 마음도 고모할머니와 똑같았다. 그러자 위크필드 씨가 계속했다.

"아무튼 지금은 그게 제일 좋은 해결책입니다. 나중에 마음에 안 들면 다른 곳으로 옮기면 되니까요."

"너무 고맙지요. 이 아이도 고맙게 여길 겁니다. 하지만 아무래도……."

"무슨 말씀인지 알겠습니다. 남의 신세 안 지려는 당신 성질 내가 잘 알지요. 그럼 하숙비를 내시면 돼요. 우리 까다롭게 굴지 맙시다."

고모할머니의 얼굴이 밝아졌다.

"감사히 받아들이겠어요. 그런다고 제가 당신께 진 빚이 줄어드는 건 아니겠지만…… 제 아이를 당신께 맡기겠어요."

"자, 그럼 이 집의 꼬마 안주인을 만나보셔야겠네요."

그는 우리를 낡은 계단으로 인도했다. 우리는 낡고 약간 어두운 응접실로 들어갔다. 아주 아름답게 꾸며진 방이었다. 안을 둘러보며 나는 이보다 더 아늑한 곳은 없을 것이라고 생각했다.

위크필드 씨가 벽 한쪽 구석에 있는 문을 가볍게 두드리자 내 나이 또래의 여자 아이가 나타나더니 위크필드 씨에게 입을 맞추었다. 상냥하고 명랑한 얼굴이었지만 그 얼굴과 몸 전체에서 일종의 평온함, 평화롭고 선량하며 경건한 영혼이 지닌 그런 평온함이 풍겨 나오고 있었다. 내 마음속에 깊숙이 박혀 언제고 지워지지 않은 그 인상! 나는 그녀를 처음 본 순간 그 인상에 압도당한 느낌이었다. 아니 압도당했다기보다는 그 인상 전체가 나를 감싸주는 것 같았다는 것이 옳은 표현일 것이다.

위크필드 씨는 그 여자 아이가 자기 딸 아그네스이며 바로 이 집의 꼬마 안주인이라고 우리에게 소개했다. 그녀는 아버지가 나를 소개하는 동안 방긋방긋 웃으며 귀를 기울이더니 이야기가 끝나자 내가 묵게 될 방으로 우리를 안내했다. 우리는 2층으로 올라갔다. 내가 묵게 될 방은 너무 훌륭했다. 무엇보다 창문이 여럿 있는 것이 마음에 들었다.

우리는 다시 응접실로 내려왔다. 위크필드 씨는 고모할머니에게 저녁 식사를 함께 하자고 권했다. 그러나 고모할머니는 더 이상 신세질 수 없다며 사양했다. 고모할머니의 성격을 잘 아는 위크필드 씨는 더 이상 권하지 않았다.

아그네스는 자기 공부를 돌보아주는 가정교사에게 가고, 위크필드 씨가 사무실로 돌아가자 나는 고모할머니와 단둘이 응접실에 남아 마음 놓고 작별인사를 할 수 있었다. 고모할머니는 모든 것을 위크필드 씨가 다 알아서 해줄 테니 아무 불편 없을 거라고 말한 후 더없이 정겹고 더없이 훌륭한 충고를 해주었다.

"트롯, 너 자신과 나, 그리고 딕 선생에 대해 자부심을 가지고 살아다오. 하나님이 너를 보호해주실 거야! 절대로 비굴해서는 안 된다! 절대로 거짓말을 해서도 안 돼! 절대로 잔인한 짓을 해서도 안 돼! 무슨 일이 있어도 이 세 가지 악덕은 피하도록 해라. 그러면 나는 네 장래에 대해 희망을 품고 살련다."

말을 마친 고모할머니는 나를 급히 껴안아주고는 방을 나간 후 문을 닫았다. 고모할머니가 너무 급히 떠나는 것을 보고는, 혹시 내가 뭔가 고모할머니 마음을 언짢게 했는지 걱정이되었다.

거리를 내다보니 고모할머니가 맥없이 마차에 올라 고개를
숙인 채 자리에 앉는 것이 보였다. 고모할머니의 마음이 내게
짠하게 전해져왔다.

새로운 학교에서

이튿날 아침 식사를 마치고 나는 학교로 갔다. 새로운 학교생활이 시작된 것이다. 위크필드 씨가 나와 동행해서 나의 새로운 선생님인 스트롱 박사에게 나를 소개했다.

스트롱 박사는 서재에서 우리를 맞이했다. 그는 학교를 둘러싼 쇠 난간이나 철문처럼 녹슬어 있다는 느낌을 주었다. 게다가 딱딱하고 재미없어 보였다. 솔은 만난 적도 없는 것 같은 옷을 입고 있었으며 머리칼은 빗이 들어갈 수도 없을 정도로 텁수룩했다. 그가 흐릿한 눈으로 나를 바라보자 블룬더스톤 교회 묘지에서 풀을 뜯어먹던 눈먼 늙은 말이 떠올랐다.

스트롱 박사와 조금 떨어진 곳에서 아름다운 숙녀가 바느질을 하고 있었다. 스트롱 박사는 그녀를 애니라고 불렀다. 나는 그녀가 박사의 딸이려니 생각했다. 그런데 인사가 끝나고 우리가 교실로 향할 때 위크필드 씨가 그녀를 '스트롱 부인'이라고 부르는 것을 보고 깜짝 놀랐다.

교실은 건물에서 가장 조용한 곳에 자리 잡은 아름답고 커다란 방이었다. 교실로 들어가니 스물댓 명 정도의 아이들이 열심히 책에 머리를 묻고 있다가 박사에게 인사하기 위해 일제히 자리에서 일어났다.

스트롱 박사가 학생들에게 말했다.

"여러분, 신입생을 소개합니다. 트롯우드 코퍼필드입니다."

학급 대표인 애덤스란 학생이 나와서 나를 반갑게 맞아주었다. 그는 내 자리를 가리켜주고 선생님들에게 인사를 시켰다. 그의 어른스러운 태도에 안심은 되었지만 나는 서먹서먹했다. 학생들이나 내 또래의 친구들과 어울려본 것이 너무나 오래된 일처럼 생각되었기 때문이다. 이 학생들은 전혀 겪어보지 못한 일을 겪은 내가 이 학생들과 함께 어울려 공부한다는 것이 어쩐지 사기를 치는 것만 같았다. 나는 머드스톤 앤드 그린비 상회에서 일하며 내 또래의 아이들이 즐기는 운동과 놀이를 전혀 하지 않았다. 이 애들에게는 그냥 평범한 것이 내게는 가장 어렵고 낯선 것일 수도 있었다.

게다가 나는 지금까지 배운 것도 다 까먹은 신세였다. 실력 테스트를 한 결과 아무것도 아는 것이 없는 나는 최하급 반에 편입되었다. 그러나 내가 가장 기분 나빴던 것은 내가 아는 것이 없다는 사실이 아니었다. 내가 세상물정을 너무나 잘 알아서 이들과 어울릴 수 없다는 사실이었다. 그 나이에 나는 이미 술집에도 드나든 경험이 있었으며 채무자 교도소가 어떤 것인지도 잘 알고 있었다. 내가 전당포를 들락날락했으며 하루 세 끼 가운데 저녁만 먹고 지낸 적도 있다는 것을 이들이 알면 나를 어떻게 대할까? 넝마를 걸친 채 기진맥진해서 캔터베리 거리를 지나가던 내 모습을 본 학생이 있다면?

학교에 편입한 첫 날 나는 이런저런 생각이 맴도는 바람에 눈길 한 번 돌리고 행동 하나 하는 데도 자신이 없었다. 새 친구들이 곁으로 다가올 때마다 가슴이 덜컹 내려앉았다. 나는 수업이 끝나자마자 혹시 내게 친절하게 말을 걸어올 친구가 있을까봐 두려워 부리나케 학교를 나와버렸다.

그러나 위크필드 씨의 낡은 저택에서는 이상한 힘이 뿜어져 나오는 듯, 새 교과서를 안고 그 집 문을 두드리자 불안하던 마음이 순식간에 사라졌다. 나는 내 방에 앉아 열심히 책을 읽다가 그래도 제법 괜찮은 학생이 될 수 있다는 자신감을 회복하고는 아래층으로 내려왔다.

아래층으로 내려오니 아그네스가 응접실에서 아버지를 기다리고 있었다. 위크필드 씨는 사무실에서 누군가와 이야기를 나누고 있는 것 같았다. 그녀는 미소를 띠고 나를 반갑게 맞아주더니 학교는 어땠냐고 내게 물었다. 나는 학교는 마음에 들지만 처음이라 그런지 약간 낯설다고 말해주었다.

내가 그녀에게 물었다.

"학교에 가본 적 없어?"

"아니, 매일 다니는 셈이야."

"여기, 집을 말하는 거야?"

그녀는 고개를 끄덕이며 말했다.

"응, 아빠가 다른 곳으로는 보내주실 생각이 없으셔. 누군가 안주인 노릇할 사람이 집에 있어야 하니까. 엄마는 나를 낳자마자 돌아가셨어. 어머나, 아빠가 오시네."

그녀는 환한 얼굴로 방에서 나갔다가 아버지 손을 잡고 다시 들어왔다. 위크필드 씨는 상냥한 표정으로 내게 인사를 건네더니 스트롱 박사처럼 훌륭한 사람 밑에서 공부를 하게 되었으니 틀림없이 즐거울 거라고 말했다.

　"박사님은 참 좋은 분이야. 사람을 전혀 의심하지 않아. 그게 장점인지 단점인지는 잘 모르겠지만 어쨌든 그런 분 밑에서 공부하려면 그런 성격을 염두에 두어야 해."

　1층으로 내려가 저녁 식사를 한 후 우리는 다시 2층 응접실로 올라왔다. 아그네스는 구석 자리에 술잔과 포도주병을 갖다놓았고 위크필드 씨는 앉아서 술을 마셨다. 내가 보기에도 좀 많이 마시는 것 같았다. 아그네스는 피아노를 치기도 하고 바느질을 하면서 이야기를 들려주기도 했으며 나와 도미노 게임을 하기도 했다. 차를 마신 후 내가 교과서를 가져오자 아그네스가 들여다보고 자기가 아는 부분을 가르쳐주었다. 그녀는 만난 지 얼마 되지 않아 내게 무언가를 가르쳐주는 사람이 된 것이다. 지금 이 글을 쓰는 순간에도 당시의 그녀의 차분하고 얌전한 태도가 눈에 선하고 그녀의 상냥하고 아름다운 목소리가 귀에 들리는 것만 같다.

나는 꼬마 에밀리를 사랑한다. 그러나 아그네스는 사랑하지 않는다. 아니 적어도 당시에는 그렇게 생각했다. 적어도 그녀는 내게 연애 대상이 아니었다. 아그네스가 있는 곳에는 언제나 선과 평화가 있다. 그녀에게서는 교회 색 유리창에 비치는 부드러운 빛이 언제나 빛나고 있어, 그 빛으로 주변을 밝혀주었다.

잠자리에 들 시간이 되었다. 나는 피곤하지 않아 책을 더보려고 아래층으로 내려갔다. 그런데 작은 사무실에 불이 켜진 것을 보고 그 안으로 들어가보았다. 방으로 들어가니 우라이아가 두꺼운 책을 읽고 있었다. 내가 그에게 말했다.

"우라이아, 늦게까지 일하는군요."

"네, 코퍼필드 도련님. 사실은 일하는 게 아니라 법률을 공부하고 있어요."

"진짜 법학자인가봐요."

"저요? 아니에요. 그냥 보잘것없는 놈인데요. 저는 천한 놈이에요. 어머니도 아주 허름한 집에 살고 계시고……. 아버지도 그랬어요. 아버지는 교회지기였답니다. 지금은 천국에 가계시지요. 하지만 우리는 우리가 누리고 있는 걸 감사히 생각한답니다. 이렇게 위크필드 씨가 저를 받아주신 것도 얼마나 감사한 일인지 몰라요. 그렇지 않았다면 비천한 어머니와 제가 어떻게 살았겠어요? 게다가 이렇게 공짜로 법률 공부를 하게 해주시니."

내가 그에게 물었다.

"수습생활이 끝나면 정식 변호사가 되나요?"

"신의 은총으로 그렇게 되길 바라고 있습니다."

"그럼 머지않아 위크필드 씨의 동료가 되겠군요. 이 건물에는 위크필드 앤드 힙 법률사무소간판이 걸리겠네요."

"아니에요. 저는 그런 일을 하기에는 너무 보잘것없는 인간이에요. 아, 너무 늦었네요. 이만 집으로 가봐야겠어요. 어머니가 기다리시겠어요. 누추한 집이지만 언제 한번 저희 집에 들러 차라도 한 잔 드신다면 저나 어머니께 영광일 거예요."

그는 말을 하면서 몸을 외로 꼬는 습관이 있었다. 게다가 그가 자신이 비천하고 보잘것없다는 말을 하도 여러 번 하는 것이 내게는 오히려 이상했다. 그가 겸손한 사람이 아니라 그 무언가 속에 감추고 있는 사람이라는 생각을 하게 만든 것이다. 어쨌든 나는 그에게 기꺼이 그의 집에 한번 가보겠다고 대답했다.

다음 날 나는 학교에서 어제 느꼈던 어색함을 어느 정도 덜 수 있었다. 그리고 학교생활에 점점 익숙해져서 2주 정도 후에는 새로운 친구들 사이에서 편안한 마음으로 지낼 수 있게 되었다. 놀이도 서툴고 학업에도 크게 뒤처져 있었지만 시간이 지나면 다 해결되리라고 자신했고 실제로 그렇게 되었다. 이제 학교생활에 익숙해져서 머드스톤 앤드 그린비 상회에서 겪었던 일들이 까마득한 옛날 일처럼 여겨졌다.

스트롱 박사의 학교는 너무 훌륭했다. 크리클 씨의 학교와는 비교조차 할 수 없었다. 규율은 엄격했지만 학생들이 모두 학교의 명예를 높이기 위해 자발적으로 힘쓰는 셈이었다. 이들은 모두 스스로 알아서 열심히 공부했다. 수업이 끝나면 재미있는 놀이를 했고 마음껏 자유를 누렸다.

상급생 몇 명이 박사의 집에서 하숙을 하고 있었기에 나는 이들의 입을 통해 스트롱 박사에 대해 자세한 내용을 더 잘 알 수 있었다. 내가 전에 서재에서 본 젊고 아름다운 부인과 결혼한 지는 채 1년이 안 되었다는 것, 그녀는 땡전 한 푼 없는 가난뱅이였지만 박사님은 오로지 사랑만으로 그녀와 결혼했다는 것, 부인의 가난한 친척들이 우르르 찾아와 박사를 귀찮게 굴어도 부인을 향한 박사의 사랑은 변함이 없다는 사실 등을, 이들을 통해 알게 되었다.

다시 나타난 남자

　　　　내가 런던에서 도망친 이래 나는 페
거티 이야기를 하지 않았다. 물론 나는 그녀에게 계속 「편지」
를 보냈다. 도버에 자리를 잡자마자 「편지」를 썼으며 고모할
머니가 정식으로 내 보호자가 되었을 때는 보다 자세하게 그
동안의 일들을 적어 보냈다. 스트롱 박사의 학교에 다니기로
결정되었을 때는 나의 장래에 대해 장밋빛 꿈을 담은 긴 「편
지」를 보냈다.

　　페거티는 곧 「답장」을 보내왔다. 문장은 엉망이었지만 감동
적이었다. 종이 여기저기 얼룩이 진 것이 「편지」를 쓰면서 눈
물을 흘린 모양이었다. 능란한 문장보다는 그런 얼룩자국이

그녀의 마음을 훨씬 더 잘 내게 전달해주었다.

나는 페거티가 아직도 고모할머니를 두려워하는 마음을 단번에 이해할 수 있었다. 나를 거두어준 고모할머니에게 감사한다는 대목에서도 겁에 질린 투가 역력했다.

페거티는 내게 아주 충격적인 내용을 전해주었다. 내가 살던 '까마귀 집'의 가구들이 경매에 붙여졌고 머드스톤 남매는 어디론가 떠났다는 것이었다. 집을 팔거나 전세로 내놓았다는 소식에 가슴이 아팠다. 정들었던 나의 집이 이제 빈집이 되어 마당에는 잡초가 무성하고 길에는 낙엽이 쌓여 있을 것이라는 생각에 아버지와 어머니와 연관된 모든 것이 사라진 것처럼 여겨졌다.

그밖에 별다른 소식은 없었다. 바키스 씨는 훌륭한 남편이지만 여전히 좀 인색하다고 했으며 사람에게는 누구나 결점이 있는 법이 아니냐고, 자기도 결점이 많은 여자가 아니냐고 썼다. 나는 그녀의 결점이 도대체 무엇인지 궁금하기만 했다. 그녀의 오빠 페거티 씨도 잘 지내고 있고 햄도 잘 있으며 거지 부인은 여전히 우울하다고 했다. 꼬마 에밀리에 대해서는 별로 전할 말이 없으며 자기 편에 안부를 전해달라고 하더라는 말만 써놓았다.

내가 스트롱 박사의 학교에 다니는 동안 고모할머니는 나를 보러 여러 번 캔터베리로 왔었다. 고모할머니는 언제나 예고 없이 나를 찾아왔다. 그런데 내가 공부를 잘하고 있으며 품행도 바르다는 이야기를 듣고는 고모할머니의 발걸음이 뜸해졌다. 나는 서너 주일에 한 번 정도는 주말에 도버에 갔다. 그리고 맛있는 음식으로 실컷 배를 채웠다.

딕 씨는 2주에 한 번씩, 수요일에 나를 찾아왔다. 그때도 그는 가죽으로 만든 책상을 꼭 가지고 다녔다. 그 책상에는 필기구와 『회고록』 원고가 들어 있었다. 그는 『회고록』을 빨리 끝내야 한다고 생각하고 있었다. 그는 나를 찾아오는 날, 나와 함께 하루 묵으며 내 친구들도 만났고 위크필드 씨와 스트롱 박사도 만났다.

딕 씨는 모두에게 사랑받았다. 그는 손재주가 뛰어나서 철삿줄 하나로 배를 만들 줄도 알았고 동물 뼈로 체스 말을 만들기도 했으며 솜과 지푸라기로 오만가지 신기한 것들을 만들었다. 그가 나를 두세 번 찾아오자 스트롱 박사도 그에게 흥미를 보이며 그를 소개해달라고 했다. 딕 씨는 금방 스트롱 박사의 지혜와 지식에 경의를 표했다. 둘이 산책을 할 때 박사님은 그에게 『사전』을 읽어주었고 그는 기쁨에 빛나는 얼굴로 박사님이 읽어주는 것을 열심히 들었다.

어느 목요일 아침 딕 씨를 배웅하기 위해 역마차 승차장으로 가다가 우라이아 힙을 만났다. 그는 내가 자기 집을 한번 방문하겠다고 말하고는 그 약속을 지키지 않았다고 몸을 꼬며 말했다.

"나는 도련님이 그 약속을 지키리라고는 생각하지 않았어요. 우리는 비천하니까요."

나는 좀 당황해서 언제고 초대해주기만 기다리고 있었다고 대답했다.

"아, 코퍼필드 도련님, 그렇다면 오늘 저녁에 오시겠어요? 오늘 일찍 퇴근하는 날이거든요."

나는 6시까지 가겠다고 그와 약속했다.

저녁이 되어 나는 그와 함께 그의 집으로 갔다. 집이라기보다는 방이라고 하는 것이 옳았다. 우리는 길과 직접 면해 있는 낮은 방으로 함께 들어갔다. 방에는 우라이아보다 키만 작을 뿐 그와 똑같이 생긴 부인이 앉아 있었다. 방은 부엌 겸 거실로 쓰는 말쑥한 공간이었다. 하지만 아늑함과는 거리가 멀었다. 차 도구가 식탁에 놓여 있었고 벽난로 위의 주전자에서는 물이 끓고 있었다.

그녀가 말했다.

"우라이아, 오늘은 정말 기념할 만한 날이구나. 코퍼필드 도련님이 우리 집을 찾아주셨으니! 도련님, 우라이아는 오늘을 정말 기다려왔답니다. 저 애는 우리가 워낙 미천한 신분이라 도련님이 안 오실 거라고 했고 나도 그렇게 생각했답니다. 우리는 앞으로도 그렇게 비천하게 살아갈 테니까요."

우라이아의 어머니도 그와 마찬가지로 비천, 미천 타령이었다.

이들 모자는 나의 고모할머니랑 부모 이야기에 대해 물었고 나는 성의껏 대답해주었다. 하지만 의붓아버지 이야기는 하지 않았다. 고모할머니가 의붓아버지에 대해서는 절대로 입을 다물라고 여러 번 주의를 주었기 때문이다.

어쨌든 이들의 말솜씨는 정말 능수능란했다. 나는 치과의사 앞에 놓인 연약한 젖니 같았다. 이들은 나를 자신들 마음대로 주물럭거렸다. 그때 나누었던 대화를 생각하면 지금도 낯이 화끈거린다. 내가 하고 싶지 않은 이야기도 이들 앞에서 다 떠벌인 것이다. 마치 이들이 내 보호자라도 되는 것처럼 우쭐해서 이야기를 지껄여댔으니 정말 창피한 일이었다.

저녁 식사가 끝나고 돌아가려던 참이었다. 어떤 사람이 문 앞을 지나가다가 방 안을 들여다보고는 "코퍼필드! 이거, 코퍼필드 아냐?"라고 소리치며 안으로 들어왔다. 더운 여름이었기에 문을 열어놓고 있었던 것이다.

그를 알아보고 나는 얼마나 놀랐던지! 그는 바로 미코버 씨였던 것이다! 외알 안경을 쓰고 지팡이를 짚은 채 셔츠 옷깃을 세운 모습이 옛날 그대로의 미코버 씨였다.

"코퍼필드, 이거 원, 세상에 이런 일이! 정말 생각지도 못했던 데서 만나네!"

나도 반가워서 그의 손을 잡았다. 그는 우라이아 모자를 소개해달라고 부탁했고 나는 마지못해 그들을 소개해주었다. 미코버 씨가 말했다.

"내 친구의 친구라면 누구든 내 친구이지요."

그러자 힙 부인이 말했다.

"원, 친구라니요! 우리는 워낙 천한 신분이어서 내 자식은 코퍼필드 도련님과 친구가 될 수 없답니다. 저희 초대에 응해 주셔서 감사할 따름이지요."

그러자 미코버 씨가 나를 보고 말했다.

"이보게, 자네 지금 뭘 하고 있나? 아직 그 술 가게에서?"

나는 미코버 씨를 빨리 밖으로 쫓아내고 싶은 생각밖에 없었다. 나는 그에게 말했다.

"당신 부인은 잘 지내나요? 빨리 만나고 싶어요."

우리는 함께 밖으로 나왔다. 그가 묵고 있는 곳으로 가는 길에 그는 자신이 얼마나 금전적으로 어려움을 겪고 있는지 말 그대로 활기차게 말했다. 나는 그가 반드시 그 말을 하리라고 짐작했다. 그는 자신의 어려운 처지를 자랑으로 여기는 사람이었으니.

그는 아주 작은 여인숙에 묵고 있었다. 미코버 부인은 나를 보고 놀라면서도 무척 기뻐했다. 그녀는 이들이 플리머스에 갔었다고, 그곳에서 일자리를 구하지 못했고 친척들에게도 냉대를 받았다고 말했다. 그러더니 그녀가 말했다.

"코퍼필드 도련님, 도련님이니까 터놓고 말하는 건데, 사실은 런던에서 돈이 오기만 기다리고 있어요. 아직 호텔비를 내지 못했거든."

언제나 그렇듯이, 그런 어려운 처지에 놓인 이들 부부에게 나는 깊은 동정심을 느꼈다. 하지만 이들이 필요한 만큼의 돈을 내가 지니고 있지 않아 유감이라고 덧붙일 수밖에 없었다. 미코버 씨는 내 손을 잡고 말했다.

"코퍼필드 군, 자네는 내 친구야. 참 인생이란 묘해서 정말 최악에 처했을 때는 그 어려움을 도려낼 면도칼을 가진 친구가 꼭 나타나는 법이거든."

그의 말 속에는 그의 절박함이 그대로 들어 있었다. 그의 말을 들은 미코버 부인은 남편의 목을 얼싸안으며 제발 진정하라고 말했다. 미코버 씨는 눈물을 흘렸다. 그러나 그는 금방 울음을 멈추더니 벨을 눌렀다. 그러고는 다음 날 아침 식사로 따끈한 콩팥 푸딩과 새우 한 접시를 주문했다.

나는 그들과 작별 인사를 하고 여인숙에서 나왔다.

그날 저녁 나는 창밖을 내다보다가 놀랍게도 미코버 씨와 우라이아가 다정하게 팔짱을 끼고 가는 모습을 발견했다. 우라이아는 그와 팔짱을 끼게 되었다는 사실을 명예롭게 생각하는 듯 아주 겸손한 모습이었고 미코버 씨는 그런 명예를 줄 수 있게 된 것이 기쁜 표정이었다. 그 모습을 본 나는 왠지 모르게 불안했다.

어쨌든 미코버 부부는 그렇게 잠깐 내게 얼굴을 보이고 작별의 「편지」 한 통만 남긴 채 또 어디론가 떠나갔다. 그 「편지」에는 이것이 마지막 「편지」가 될 것이라고 씌어 있었다. 솔직히 나는 무거운 짐을 내려놓은 기분이었다. 하지만 그것이 정말 마지막이 되리라는 생각은 들지 않았다.

학교를 졸업하다

　　내 공부가 끝나가고 스트롱 박사의 학교를 떠날 때가 가까워졌을 때, 과연 내가 기뻐했는지 아니면 슬퍼했는지는 정확히 모르겠다. 나는 이곳에서 정말 행복했으며 박사님을 무척 따랐다. 공부도 잘해서 칭찬도 많이 들었고 정도 많이 들었기에 이곳을 떠난다는 것이 무척이나 섭섭했다.

　　하지만 이제야 비로소 독립된 생활을 할 수 있는 청년이 되었다는 사실에 더없이 기쁘기도 했다. 나는 눈부신 성과를 이루어서 사회에 크게 기여하는 인물이 되리라는 기대에 잔뜩 부풀어 있었다. 청년기에 지닐 수 있는 꿈같은 환상이라고 볼 수도 있겠지만, 정말 달콤한 유혹이며 환상이었다. 그런 유혹과 환상이 없는 젊음이란 그 얼마나 삭막한 것인가!

고모할머니와 나는 앞으로 내가 무슨 일을 할 것인지에 대해 깊이 상의했다. 고모할머니는 "뭘 하고 싶니?"라고 자주 내게 물었다. 하지만 내가 특별히 무엇을 하고 싶은지 찾아낼 수 없었다.

어느 날 고모할머니가 내게 말했다.

"트롯, 너무 서둘러 결정할 필요는 없다. 자칫하면 잘못된 결정을 할 수도 있으니까. 그러니 바깥세상을 한번 편안한 마음으로 둘러보고 결정하는 게 어떻겠니? 어디로든 여행을 떠나보렴. 이를 테면 예전에 살았던 곳으로 가서, 정말 이상한 이름을 가진 그 여자를 한 번 만나보거나."

고모할머니는 페거티라는 이상한 이름을 차마 당신 입에 올릴 수 없었던 것이 틀림없었다.

나는 너무 기뻐서 당장 그러겠다고 했다. 그런 내게 고모할머니가 충고했다.

"트롯, 네 누이동생 벳시 트롯우드가 세상에 태어났더라면 언제나 올바르게 행동했을 거다. 너도 그 애 못지않게 행동해

야 한다. 너는 몸은 튼튼하니까 정신적으로 굳건해져야 해. 과
단성 있고 굳은 의지를 가진 사람이 되어야 해. 너를 그런 사
람으로 만들기 위해 여행을 시키려는 거야."

고모할머니는 내게 약 한 달간, 무엇이든 하고 싶은 대로
하라고 자유를 주었다. 딱 한 가지 조건이 있었다. 한 주일에
세 번씩 「편지」를 써서 내게 일어난 일을 충실히 보고하라는
것이었다.

멋진 지갑과 가방을 챙겨 들고 고모할머니 집을 나온 나는
우선 캔터베리로 갔다. 아그네스와 위크필드 씨, 그리고 마음
씨 좋은 박사님과 이별하기 위해서였다.

아그네스가 나를 반갑게 맞아주었다. 어쩐지 스스럼없이
반말하기가 어려웠다.

나는 그녀에게 말했다.

"당신은 정말 친절하고 마음씨 고운 사람이야. 언제나 바른
말만 하고요. 앞으로도 당신에 대한 그런 생각은 바뀌지 않을
거예요. 어려운 일이 생기면 반드시 당신에게 알리겠어요. 내
가 사랑에 빠졌을 때도 당신에게 알리겠어요."

아그네스의 얼굴이 조금 붉어진 것 같았다. 하지만 곧 우리

는 소꿉친구 사이에 오갈 수 있는 이야기들을 허물없이 나누었다. 그런데 갑자기 아그네스가 내게 정색을 하고 말했다.

"트롯우드, 내가 묻고 싶은 게 있어요. 달리 물어볼 사람도 없어서 하는 이야긴데, 요즘 들어 아버지가 조금 이상해지신 것 같지 않아요?"

그건 나도 알고 있었다. 나는 아그네스도 그걸 알고 있는지 오히려 궁금했던 적이 있었다. 내 기미를 눈치챘는지 아그네스가 눈물을 글썽이며 아버지가 어떻게 변했는지 말해달라고 했다.

"솔직하게 말할게요. 점점 더 예민해지시고 화를 잘 내시는 것 같아요. 실은 내가 잘못 본 건지도 모르지만."

"아니, 잘못 본 게 아니에요."

나는 용기를 내어 말을 이었다.

"아버님은 점점 더 손을 떠세요. 말도 더듬거리시고, 이렇게 말하는 게 뭐하지만, 멍한 눈길도 자주 보이세요. 그런데 그렇게 아버님이 아버님답지 않으실 때면 꼭 할 일이 생겼다며 나가신단 말이에요."

그러자 아그네스가 내 말을 받았다.

"그때마다 우라이아가 일거리를 가져오지요."

나도 그녀에게 내가 보고 느낀 것을 말해줄 수밖에 없었다.

"그럴 때마다 아버님은 점점 더 절망하시는 것 같았어요. 아마 일을 잘 처리하지 못했다는 생각 때문에 괴로우셨을 거예요. 그래서 다음 날은 술을 더 드시고…… 아그네스, 내 말을 듣고 놀라면 안 돼요. 며칠 전에는 아버님이 책상에 머리를 댄 채 어린아이처럼 울고 계신 걸 보았어요."

내가 채 말을 맺기도 전에 아그네스는 내 입술에 손가락을 대더니 문 쪽으로 달려갔다. 그녀는 방으로 들어오는 아버지를 맞으며 아버지 어깨에 매달리듯 팔을 둘렀다.

우리 셋은 함께 스트롱 박사의 집으로 갔다. 우리는 함께 차를 마시며 이런저런 이야기를 나누었다. 나는 박사님 부부가 정말 행복하기를, 또한 위크필드 씨가 다시 건강한 모습을 되찾기를 진심으로 빌며 그들에게 작별인사를 하고 마차에 올랐다.

제
5
장

스티어포스와의 만남

　　　　　　나는 마차를 타고 우선 런던으로 향했다. 그곳을 경유해 서퍽 주의 야머스로 갈 예정이었다. 이제 상당한 교육도 받은데다 옷도 잘 입고 주머니도 두둑한 채 마차에 앉아, 지난날 고모할머니 댁에 오면서 아무 데서나 잠을 자곤 했던 곳을 지나자니 감개가 무량했다. 드디어 마차가 런던에 들어서자 크리클 씨의 묵직한 주먹에 얻어맞으며 지냈던 세일럼 학교 앞을 지나게 되었다. 생각대로라면 그대로 마차에서 내려 그자를 때려눕히고 불쌍한 학생들을 구해주고 싶었다.

　　마차는 런던 중심부 채링크로스 광장에 있는 골든크로스

호텔에 닿았다. 여장을 푼 나는 식사와 함께 약간의 술을 마셨다. 기분이 좋아진 나는 연극이 보고 싶어졌다. 나는 오페라 극장인 코베트 가든으로 가서 셰익스피어의 비극 〈줄리어스 시저〉를 감상하고 돌아왔다.

나는 호텔로 돌아온 뒤 연극이 준 황홀감에서 벗어나지 못한 채 하고 호텔 레스토랑에 앉아 흑맥주를 마셨다. 나는 연극이 준 도취감과 과거에 대한 추억에 잠겨 내 곁에 누가 와서 앉는지도 몰랐다. 나는 잠을 자러 가야겠다고 자리에서 일어났다. 그리고 그제야 그의 얼굴을 바라보았다. 용모 단정한 잘생긴 청년이었다. 나는 그의 얼굴을 금세 알아보았다. 전에 나를 보호해주었던 스티어포스 바로 그였다. 그를 향한 옛 우정이 새삼 솟는 것을 느끼며 나는 그에게 말했다.

"스티어포스! 맞아, 스티어포스야. 형, 나야! 나 모르겠어?"

그는 나를 알아보는 기색이 없었다. 그러더니 갑자기 부르짖었다.

"아니, 이거 꼬마 코퍼필드 아냐?"

나는 그의 두 손을 꽉 잡았다. 웨이터만 보고 있지 않았다면 그의 목을 껴안고 엉엉 울었을 것이다. 나는 큰 소리로 말했다.

"아, 정말 반가워. 세상에 이런 일이! 형을 이렇게 다시 만나다니! 정말 너무 기뻐!"

그는 내 손을 힘껏 잡으며 자기도 기쁘다고 말했다. 그가 내 어깨를 탁 치며 물었다.

"그런데 여긴 어떻게 온 거야?"

"오늘 캔터베리에서 역마차로 온 거야. 고모할머니 덕분에 막 학교를 마쳤거든. 그런데 형은 어떻게 오게 된 거야?"

"나? 나는 옥스퍼드 대학생이야. 그런데 그 도시는 주기적으로 싫증이 나거든. 그래서 어머니 댁으로 가는 길이야."

그는 내일 아침 10시에 함께 식사를 하자고 나를 초대했다. 나는 그의 초대를 아주 기쁘게 받아들였다.

아침에 호텔 종업원이 나를 스티어포스에게 안내했다. 스티어포스는 식당이 아니라 빨간 커튼에 터키 양탄자가 깔린 아늑한 방에서 나를 기다리고 있었다. 깨끗한 식탁보가 깔린 식탁에는 이미 식사가 준비되어 있었다.

그는 식사를 하면서 내 계획을 물어보았고 나는 빠짐없이 그에게 다 말해주었다. 그러자 그가 내게 말했다.

"그럼 너 그렇게 바쁜 게 아니로구나. 그렇다면 나랑 하이게이트에 있는 우리 집에 가서 하루나 이틀 지내기로 하자. 어머니도 너를 좋아하실 거야."

그가 나를 자기 집에 초대해주다니 나는 너무도 기뻤다. 나는 즉석에서 고모할머니에게 스티어포스의 초대를 받았다는 「편지」를 보냈다.

우리는 전세 마차를 타고 대영박물관 등 볼만한 곳을 한 바퀴 돌았다. 스티어포스는 모르는 게 없었다. 게다가 그는 그런 지식을 대수롭지 않게 여기는 것 같았다. 나는 감탄이 절로 나와 그에게 물었다.

"형, 형은 대학에서 박사학위를 받을 거지?"

"내가 학위를 받아? 너 참 우스운 애로구나, 데이지. 참, 너를 데이지라고 불러도 되겠지? 너는 내게는 꼭 데이지 꽃 같단 말이야. 난 학위를 받아 유명해질 생각은 추호도 없어. 하고 싶은 공부는 이미 다 했어. 지금만으로도 주체하기 어려울 지경인데 공부는 더 해서 뭐해!"

우리는 관광을 하고 점심을 먹었다. 겨울 해는 너무 짧아서 역마차가 하이게이트 언덕에 자리 잡은 그의 집 앞에 멈춰 섰을 때는 이미 해가 기운 때였다. 우리가 마차에서 내리자 기품이 있었지만 어딘가 거만해 보이는 나이 지긋한 부인이 문 앞에서 우리를 기다리고 있었다. 그녀는 "제임스" 하면서 스티어포스를 껴안았다. 스티어포스의 어머니였다.

그 집은 품위가 있었고 잘 정돈된 고풍스런 가옥이었다. 그 집에는 스티어포스의 어머니가 그녀의 친구 미스 다틀과 함께 살고 있었다.

이들과 식사를 하면서 나는 스티어포스가 나와 함께 시골 야머스로 함께 가면 참 좋겠다고 말했다. 그러자 스티어포스가 옛날 기억을 되살리며 "아, 그 시골 아저씨! 너를 면회 왔었지. 한번 생각해보자"라고 대답했다.

나는 그 집에서 1주일을 함께 지냈다. 스티어포스가 내가 1주일 정도 자기 집에 머무는 동안 생각해보고 결정하겠다고 말했기 때문이다.

내게는 정말 꿈같은 1주일이었다. 무엇보다 스티어포스와 더 친해진 것이 기뻤다. 한 주가 지난 다음에는 정말로 많은 세월을 그와 함께 보낸 느낌이었다. 그는 나를 꼭 장난감처럼 취급했지만 기분이 나쁘지 않았다. 매사에 박력이 넘치는 그에게 전보다 더 매료되었다. 그의 모든 행동이 옛날 그가 내게 보여주었던 우정을 생각나게 했으며 나는 내가 과연 그런 우정을 받을 만한 자격이 있는지 없는지 헤아리느라 바쁠 뿐이었다. 그의 모습과, 행동, 성격에서 가끔 이상한 불안감을 느끼긴 했지만 그런 것들은 이내 사라져버렸다.

스티어포스는 나와 함께 시골에 가기로 결정했다. 그리고 출발 날이 되자 우리는 함께 역마차를 타고 출발했다.

다시 야머스에서

　　　　　마차를 타고 고향을 향해 가는 내 감회를 어찌 말로 표현할 수 있으랴!

　이윽고 우리는 야머스에 도착했다. 마차가 어두운 거리를 지나 여관에 닿았을 때 스티어포스가 이곳은 아주 외진 곳이지만 특색 있는 곳이라고 말해주자 나는 기분이 너무 좋았다. 나는 야머스를 가슴 깊은 곳으로부터 자랑스럽게 생각하고 있었던 것이다.

　우리는 여관에 닿자마자 잠자리에 들었다. 우리는 다음 날 아침 늦은 시각에 아침 식사를 했다. 기운이 좋은 스티어포스는 일찍 일어나 바닷가를 산책하고 돌아왔다. 그러고는 벌써 선원들 절반과 친구가 되었다고 내게 말했다.

나는 그에게 오늘 저녁 그들을 찾아가자고 말했다.

"저녁에는 모두 난롯가에 앉아 있거든. 그 집이 아주 아늑해 보일 때 형을 데려가고 싶어. 그리고 미리 알리지 않을 작정이야. 깜짝 놀라게 해주어야지."

"그래, 좋은 생각이다. 그래야 재미가 있지."

나는 우선 페거티의 집, 즉 바키스의 집에 들르기로 했다. 나는 스티어포스에게 그 집 주소를 일러준 후 한두 시간 후에 찾아오라고 했다. 나 혼자 먼저 페거티를 만나고 싶어서였다.

페거티의 집으로 들어가니 그녀는 부엌에서 저녁 식사를 준비하고 있었다. 내가 문을 두드렸더니 그녀가 문을 열어주면서 "무슨 일이십니까?"라고 물었다. 그녀는 미소 짓는 내 얼굴을 보고도 아무 반응이 없었다. 그도 그럴 것이 우리는 7년 만에 만난 것이었다.

나는 일부러 거드름을 피우며 말했다.

"바키스 씨 집에 있습니까, 부인?"

"집에 있습니다. 류머티즘으로 몸이 아파 누워 있거든요."

"이제 블룬더스톤에는 안 가나요?"

"몸이 성하면 가지요."

그녀는 내 질문에 이상한 듯 뒤로 물러섰다. 그러더니 깜짝 놀라는 표정을 지으며 내게 두 손을 내밀었다. 나는 큰 소리로 외쳤다.

"페거티!"

"도련님!"

우리는 울음을 터뜨리며 서로 얼싸안았다.

페거티는 정말 요란하게 나를 맞았다. 웃기도 하고 울기도 하고, 기뻐하기도 하고 어쩔 줄 몰라하기도 했다.

"바키스 씨도 기뻐서 금세 병이 나을 거예요. 어떤 약보다 훨씬 효과가 있을 거예요. 함께 2층으로 올라가요, 도련님."

바키스 씨도 물론 나를 반겼다. 하지만 그는 류머티즘이 정말 심한지 얼굴만 밖으로 내놓고 온몸을 꽁꽁 덮은 채 자리에서 꼼짝도 하지 못했다. 얼마 되지 않아 스티어포스가 왔고 우리는 함께 그 집에서 저녁을 먹었다.

스포어티스와 나는 저녁을 먹은 후 8시쯤 되어 페거티 씨의 집, 정확히 말하면 페거티 씨의 배를 향해 떠났다. 집 근처에 오자 무언가 웅성거리는 소리가 밖에서도 들렸다. 그리고 바로 우리가 들어서는 순간 손뼉소리가 들렸다. 손뼉을 친 것은 늘 우울해하던 거미지 부인이었다. 우리를 환영하는 것은 아닐 것이고 도대체 무슨 박수소리지? 나는 의아해했다.

안으로 들어가니 페거티 씨가 에밀리를 향해 두 팔을 벌리고 있었고 에밀리의 손을 잡고 있던 햄은 부끄러운 표정으로 그녀를 페거티 씨에게 넘겨주려는 포즈를 취하고 있었다. 에밀리는 부끄러운 나머지 얼굴을 붉히다가 페거티 씨의 기쁜 얼굴을 보자 역시 기쁜 표정을 지으며 페거티 씨의 품에 안기려 했다.

바로 그 순간 우리가 안으로 들어섰고 모두들 동작을 멈추었다. 나를 본 햄이 소리쳤다.

"데이비 도련님, 데이비 도련님이에요!"

우리는 이내 모두와 악수를 하며 인사를 나누고 안부를 물었다. 페거티 씨는 너무 기뻐서 어쩔 줄 몰랐다.

"아니, 이런 귀한 분들이 때마침 오늘 밤을 골라서 우리집에 오시다니! 더군다나 도련님은 이렇게 어엿한 어른이 되어서요……."

그는 신이 나서 조카딸의 뺨을 잡고 여러 번 입을 맞추었다. 그가 손을 놔주자 에밀리는 내가 전에 잠을 잤던 방으로 달려가 얼굴을 붉힌 채 우리를 살펴보았다.

페거티 씨가 말을 계속했다.

"오늘 밤은 내 평생 가장 즐거운 밤이랍니다. 나는 나의 '꼬마 에밀리'를 정말 사랑해요. 그런데 그 애를 철부지 때부터 소녀 때까지 그리고 지금 처녀가 될 때까지 함께 봐온 사람이 또 있습니다. 천성이 착하고 마음이 곧은 사람이지요."

페거티가 그런 말을 하자 햄이 싱글거리며 웃었다. 나는 그가 그렇게 즐겁게 웃는 모습을 본 적이 없었다.

"아, 그런데 그 친구가 그만 에밀리를 좋아하게 된 거예요. 완전히 그 애의 노예가 된 거지요. 식음도 전폐하고 누울 정도였으니까요. 내가 어떻게든 해야 했지요. 그래서 에밀리에게 물었더니 좋은 사람이긴 하지만 결혼할 수 없다는 거예요. 그래서 그 사내에게 그 말을 전했지요. 그리고 전처럼 아무 일 없는 것처럼 잘 지내라고. 그는 내 말대로 순순히 따랐어요. 두 해 동안이나요.

아, 그런데 바로 오늘 밤 그 녀석이 에밀리의 손을 잡고 들어서더니 '보세요! 에밀리는 내 아내가 될 거예요!'라고 소리

치는 게 아니겠어요? 에밀리에게 물었더니 '착한 아내가 되
겠어요'라고 대답하기에 거미지 부인이 좋아라고 손뼉을 치
고 있는데 당신들이 들어온 겁니다. 그 녀석이 누구인지는 말
안 해도 알겠지요? 에밀리는 오머 씨 가게에서 도제 수업을
받고 있는데 그게 끝나면 바로 결혼식을 올려야지요."

햄은 페거티 씨가 기쁨의 표시로 몸을 툭 건드리자 비틀거
렸다. 그는 떨고 있었다. 그처럼 건장한 친구가 자기 마음을
사로잡은 예쁜 처녀를 향한 사랑에 겨워 몸을 떠는 장면은 너
무 감동적이었다.

그때 내 어린 시절의 추억으로 인해 내 안의 감정이 꿈틀거
렸는지는 잘 모르겠다. 내가 여전히 에밀리를 사랑한다는 막
연한 생각을 갖고 그곳에 갔던 것인지도 잘 모르겠다. 다만 그
날 벌어진 일들 때문에 내가 진정으로 기뻤다는 것과 그 기쁨
이 아주 미묘한 것이어서 하찮은 일만으로도 고통으로 변할
수 있었다는 것만은 확실하게 말할 수 있다.

내가 그런 상황에 있었으므로 그 선량한 사람들을 감동시
켜야만 하는 역이 내게 주어졌다면 나는 정말 서툴렀을 것이
다. 그런데 스티어포스가 그 역할을 아주 능숙하게 잘 맡아주

었다.

그가 말했다.

"페거티 씨, 당신은 정말 좋은 분입니다. 그러니 이런 행복한 일이 생기는 게 당연하지요. 자, 내 손을 잡으시지요. 햄, 정말 축하하네. 자네도 내 손을 꼭 잡게. 데이지, 난로의 불을 피워. 불꽃을 활활 피우자고!"

우리는 자정이 다 되어서야 그 집에서 나왔다. 오는 길에 스티어포스가 내 팔을 잡으며 말했다.

"아주 매력적인 아가씨야. 사람들도 다 좋고 재미있어. 기분이 새로워지는 것 같아."

"형, 그렇지? 나도 저들이 저렇게까지 기뻐하는 건 본 적이 없어."

"그런데 그 햄이란 녀석, 에밀리에 비하면 좀 바보스럽지 않아?"

그가 이제까지 햄에게 아주 다정하게 대해주었기에 그의 말을 듣고 나는 좀 놀라서 그의 얼굴을 쳐다보았다. 그가 웃음을 띠고 있는 걸 보고 나는 안심이 되어 말했다.

"형, 공연히 그 사람 비웃는 척해도 소용없어. 나를 속이려고? 난 형의 본마음을 알고 있어. 형은 정말 그들 마음을 다 잘 알고 비위도 잘 맞출 줄 알잖아. 그들의 기쁨과 슬픔도 함께할 줄 알잖아. 난 그래서 형이 더 좋고 존경스럽단 말이야."

그러자 그는 발길을 멈추었다. 그는 내 얼굴을 바라보며 말했다.

"데이지, 너는 참 성실하고 좋은 친구야. 모든 사람들이 다 그럴 수 있다면 좋으련만!"

스티어포스와 나는 야머스에서 두 주일 이상 지냈다. 나는 페거티 집에 묵었고 스티어포스는 여관방에 있었다. 잠잘 때를 제외하고 우리는 대개 붙어 있었지만 가끔 떨어져 지내기도 했다. 나는 페거티가 하루 종일 바키스 씨를 간호하느라 힘든 것을 알고 있었기에 늦은 시각에는 가능한 한 외출을 자제했다. 하지만 스티어포스는 내가 잠든 사이에도 마음 놓고 어부들을 만나고 밤새 배를 타기도 했다.

또한 나는 내 어린 시절을 되돌아보고 싶어 가끔 블룬더스톤에 갔다. 나는 부모님과 동생이 묻혀 있는 무덤 곁을 거닐며 회상에 잠기곤 했다. 하지만 스티어포스는 나와 함께 블룬더스톤으로 발걸음을 하기보다는 어부들과 지내기를 더 좋아했다.

어느 날 어두운 저녁이었다. 도버로 돌아갈 날이 얼마 남지 않아 나는 마지막으로 블룬더스톤의 내 유년시절에 작별 인사를 고하러 다녀왔다. 내가 페거티 씨 집으로 들어가보니 스티어포스가 난롯가에 홀로 앉아 있었다. 그런데 그의 표정이 평소와는 많이 달라보였다.

그가 느닷없이 내게 말했다.

"데이비드, 나를 올바른 길로 이끌어줄 아버지가 계셨으면 얼마나 좋았을까? 나는 잘못 배워온 거야."

그는 침통한 표정을 짓고 있었다. 전혀 딴사람을 보는 것 같았다.

나는 물었다.

"형, 무슨 일 있었어?"

"차라리 페거티 씨나 그의 얼뜨기 조카가 되었더라면! 내가 그들보다 수십 배 부자이고 공부를 많이 했으면 뭘 해! 이렇게 스스로가 꼴 보기 싫어 죽을 지경인데……."

이상하게 변한 그의 모습에 나는 얼떨떨할 뿐이었다. 나는 잠시 그를 바라보다가 진지하게 물었다.

"형, 왜 그렇게 화가 난 거야? 내가 형에게 충고할 처지는 못 되지만 그래도 좀 알려줘."

그러자 내 말이 끝나기도 전에 그는 웃음을 터뜨렸다. 그리고 이내 쾌활한 표정을 지었다.

"데이지, 아무것도 아니야. 나는 가끔 우울해질 때가 있다고 전에 말한 적이 있잖아. 그냥 나 자신이 좀 두려웠던 거야. 자, 내일이면 이 부랑자 생활을 끝내는 거지?"

"그러기로 했잖아. 이미 역마차 좌석도 예약해놓았어."

"그래, 어쩔 수 없군. 바다에 내 몸을 맡기는 것만이 내가 할 수 있는 일이라는 생각을 하고 있었는데. 자, 그 이야기는 그만하고 저녁이나 먹으러 가자."

페거티 씨의 집을 나서서 길을 걸으며 그가 내게 말했다.

"너, 내가 배 한 척 산 거 알고 있어?"

"형, 형은 정말 이상한 사람이야! 여기 다시 돌아올 것도 아니면서 무슨 배를 샀단 말이야!"

"상관없어. 나는 여기가 좋아. 어쨌든 나는 배를 샀어. 쾌속 범선이야. 내가 없는 동안에는 페거티 씨가 선장이야."

"이제야 알겠네. 사실은 페거티 씨를 위해 산 거로구나! 형은 정말 마음이 넓어!"

그러자 그가 얼굴을 붉히며 말했다.

"쉿, 이제 그쯤 해두자. 더 이상 말 않는 게 낫겠어. 그 배 이름이 '폭풍 속 갈매기'인데 페거티 씨는 갈매기를 우습게 알잖아. 그 이름을 좋아하지 않을 거야. 이름을 새로 지을 거야."

"어떤 이름?"

"'꼬마 에밀리!' 어, 저기 진짜 에밀리가 오네. 약혼자도 함께 있군. 내 분명히 말하지만 저자야말로 진정한 기사야. 절대로 그녀 곁을 떠나지 않을걸."

햄과 에밀리가 다정하게 걷고 있는 모습이 보였다. 희미한 초승달을 받으며 걷고 있는 그들의 모습은 참으로 아름답고 매력적이었다.

그때였다. 우리 옆을 한 젊은 여자가 지나갔다. 분명히 에밀리와 햄의 뒤를 밟고 있는 것 같았다. 그 여자가 우리 곁을 지날 때 흘낏 얼굴을 보았더니 어딘지 모르게 낯이 익은 것 같았다. 뻔뻔하고 사나운 얼굴표정이었으며 몸 전체에서 가난과 경박함이 풍겨 나오고 있었다.

이윽고 햄과 에밀리가 어둠 속으로 사라지고 우리와 바다 사이에는 어둠에 잠긴 벌판만이 남았다. 그들과 일정한 거리를 두고 따라가던 여자도 어둠 속으로 빨려들어갔다.

스티어포스가 발걸음을 멈추고는 말했다.

"저건 에밀리를 뒤쫓는 불길한 검은 그림자로군. 사라졌네. 자, 저녁이나 먹으러 가지."

스티어포스와 식사를 마치고 나는 바키스 씨 집으로 돌아왔다. 그런데 문 밖에서 햄이 안절부절 못하고 왔다갔다 하는 모습을 보고 깜짝 놀랐다. 나는 웬 일이냐고 그에게 물었다.

"그게, 그러니까, 에밀리가 안에서 누군가와 이야기를 나누고 있어서요. 에밀리가 옛날에 사귀던 여자인데, 정말 가까이 하면 안 되는 여자예요. 전부 그 여자를 싫어하는데요."

그 말을 듣자 몇 시간 전에 에밀리와 햄을 뒤쫓던 여자가 생각났다.

햄이 계속 말했다.

"오머 상점에서 같이 일하던 마사라는 여자예요. 에밀리보다 두 살이 위이고 학교도 같이 다녔지요. 페거티 삼촌이 그녀

를 싫어해요. 그래서 제가 이리로 데려온 거예요. 에밀리가 하
도 간절하게 부탁을 하니 거절할 수가 있어야지요."

우리는 잠깐 말없이 주변을 거닐었다. 다시 바키스 씨 집으
로 오니 페거티가 얼굴을 내밀고 햄에게 들어오라고 손짓했
다. 나는 물러나고 싶었다. 하지만 페거티가 나도 들어오라고
청하는 바람에 안으로 들어갈 수밖에 없었다.

나와 스티어포스가 보았던 여자가 난롯가 의자에 팔을 기
댄 채 바닥에 주저앉아 있었다. 페거티는 소리 내어 울고 있었
고 에밀리도 울고 있었다.

에밀리가 먼저 입을 열었다.

"마사가 런던에 가고 싶대요."

"런던에는 왜?"라고 햄이 물었다.

그러자 에밀리가 대답했다.

"거기 가면 마사는 잘할 거예요. 페거티 고모, 마사가 하는
이야기 잘 들었지요?"

그러자 마사가 말했다.

"저는 정말 노력할 거예요. 저를 여기서 벗어나게만 해주신
다면…… 전 뭐든 할 수 있어요. 정말 약속해요. 제발 저를 이

거리에서 빼내주세요."

햄은 말없이 작은 지갑을 꺼내 에밀리에게 건네주었다.

"에밀리, 그건 당신 거야. 이 세상에서 내 건 모두 당신 거야. 당신 마음대로 해도 돼."

에밀리의 눈에서 눈물이 쏟아졌다. 그녀는 마사 곁으로 갔다. 그녀가 마사에게 돈을 얼마나 주었는지는 모르겠다. 그녀가 이 정도면 되겠냐고 마사에게 속삭이자 마사는 충분하다고 대답한 후 숄을 뒤집어 쓴 후 말없이 밖으로 나가버렸다.

넷이 남게 되자 에밀리는 얼굴을 가린 채 흐느끼기 시작했다.

"나는 정말 나쁜 애야. 일만 저지르고." 그녀는 햄을 보고 말했다.

"나는 당신의 착한 아내가 될 자격이 없나봐. 아, 당신이 다른 여자를 좋아했더라면 더 행복했을 것을! 당신에게 나보다 더 헌신적이고, 허영심도 없고, 변덕스럽지도 않은 여자를 당신이 좋아했더라면! 나보다 더 착실한 여자를 좋아했더라면!"

그날 밤 에밀리는 햄과 함께 집으로 돌아가면서 전에는 하지 않던 행동을 하는 것을 나는 뒤에서 지켜보았다. 에밀리는 약혼자의 뺨에 입을 맞추고 그의 옆에 찰싹 붙어 섰다. 에밀리는 두 손으로 햄의 팔을 꼭 잡고서 거의 매달리다시피 붙어서 걸어가고 있었다.

제
6
장

드디어 직업을 택하다

　　　　　　　　다음 날 아침 우리가 점심을 하고 있
을 때 고모할머니의 「편지」가 도착했다. 내가 '소송대리인'이
되는 게 어떠냐는 내용이었다. 요즈음 「유언장」을 만들기 위
해 소송대리인들을 만나다보니 내가 그 일을 하는 것이 좋겠
다는 생각이 들었다고 고모할머니는 적었다.

　집으로 돌아오는 마차 안에서 스티어포스의 충고를 듣고
싶어 나는 그에게 물었다.

　"고모할머니가, 내게 소송대리인이 되고 싶은 생각이 없느
냐는 「편지」를 보내셨어. 형, 그런데 소송대리인이 뭐야?"

　그러자 스티어포스가 설명해주었다.

"그거 설명하기 쉽지 않아. 암튼 아주 시대착오적인 일이지. 어쨌든 결혼이라든지 소유권 같은 것들에 대한 소송을 케케묵은 관습에 따라 해결하는 직업이야."

나는 알쏭달쏭해서 그에게 다시 물었다.

"그렇다면 변호사와 소송대리인은 어떻게 다른 거야?"

"아주 다르지. 변호사는 대학에서 자격을 얻은 사람들이야. 내가 대학을 다녔으니 거기에 대해서는 좀 알지. 소송대리인은 그런 변호인을 고용해서 쓰는 사람이야. 양쪽 다 수입이 쏠쏠해. 자기네들끼리 똘똘 뭉쳐 있으니까. 어쨌든 데이비드, 고모할머니 의견을 존중해드리는 게 좋을 것 같다. 변호사나 소송대리인이나 자기들 일에 대해 자부심이 대단한 사람들이거든. 물론 그 일이 네 맘에 들어야 하겠지."

나는 스티어포스의 말을 듣고 할머니의 뜻을 따르겠다고 마음을 굳혔다. 나는 스티어포스에게 고모할머니가 런던의 링컨스인필드에 있는 어떤 호텔에 1주일 예정으로 묵고 있다고 말했다. 고모할머니는 그 호텔 지붕에 문이 나 있어 그 집을 택했다고 「편지」에 썼다. 고모할머니는 런던에 있는 집들은 매일 밤 한 채씩 불에 타 없어진다는 것을 믿고 있어서 그런 호텔을 택했다고 덧붙였다. 역시 고모할머니다웠다.

우리는 돌아오는 동안 아주 즐겁게 이야기를 나누었으며 런던에 닿자 헤어졌다. 스티어포스는 이틀 후 찾아오겠다고 약속한 후 자기 집으로 향했다. 나는 혼자 마차를 타고 링컨스 인필드로 향했다.

내가 세계 일주 여행이라도 하고 돌아온 것처럼 고모할머니는 나를 반겼다. 고모할머니는 나를 껴안으며 울음을 터뜨렸다. 그러면서도 고모할머니의 허세는 여전했다. 고모할머니는 그 못난 나의 어머니가 살아 있었다면 바보같이 눈물을 쏟았을 것이라며 혀를 끌끌 찼다. 그렇다면 지금 고모할머니가 내게 보여주는 건 눈물이 아닌가?

나는 고모할머니에게 물었다.

"할머니, 그런데 딕 씨는 집에 두고 오셨나요? 참 아쉽네요. 아, 자넷, 잘 있었어요?"

자넷이 내게 인사하는 동안 고모할머니의 얼굴이 이내 어두워졌다.

"그래, 내가 잘못 생각했어. 딕 씨 성격에 당나귀를 쫓을 수 있겠어? 자넷을 남겨두고 오는 건데. 그놈들은 오늘 4시쯤이면 분명 잔디밭을 짓밟고 있을 텐데. 그놈의 머더링(살인자)인지 뭔지 하는 놈의 당나귀가 틀림없어."

머드스톤의 당나귀를 말하는 게 틀림없었다. 고모할머니가 머드스톤이 이름을 정확히 기억할 수 없어서 살인자라는 말이 나온 건지 일부러 그런 건지는 지금도 잘 모르겠다. 자넷이 그 당나귀는 지금 모래와 자갈을 나르느라 정신이 없어서 남의 잔디밭에 뛰어들 시간이 없다며 고모할머니를 안심시키려했지만 소용이 없었다.

따뜻하고 맛있는 저녁 식사를 하는 동안 고모할머니가 내게 물었다.

"그런데 트롯, 너 소송대리인이 된다는 거, 어떻게 생각하니? 혹시 아직 생각해보지 않았니?"

"예, 생각해봤어요. 스티어포스랑 의논도 해보았고요. 저는 소송대리인이 참 좋은 직업이라고 생각해요. 제 마음에 쏙 들어요."

"거 참 잘된 일이구나."

"그런데 할머니, 문제가 하나 있어요."

드디어 직업을 택하다

"말해보렴,"

"할머니, 제가 알기로는 소송대리인 수는 얼마 안 된대요. 소송대리인이 되려면 돈이 많이 들기 때문이 아닌가요?"

"돈이 필요해. 수련기간 동안 꼭 1,000파운드가 필요하단다."

"1,000파운드면 너무 큰돈 아닌가요? 할머니는 지금까지도 저를 위해 많은 돈을 쓰셨어요. 모든 것을 아낌없이 베풀어주셨고요. 더 이상 저를 위해 큰돈을 쓰시게 하고 싶지 않아요. 그렇게 엄청난 돈을 쓰지 않고도 제가 할 수 있는 일이 있을 거예요. 할머니, 정말 그렇게 많은 돈을 투자하실 여유가 있으세요?"

할머니는 들고 있던 마지막 토스트 조각을 입에 넣은 다음 내게 말했다.

"트롯, 내 인생의 목적이 뭔지 아니? 네가 착하고 분별력 있고 행복한 사람이 되는 거란다. 이건 내 소망이고 딕 씨의 소망이기도 해. 너는 나와 딕 씨의 명예요, 자랑이고 기쁨이야. 나를 향한 애정만 변함없으면 돼. 내 변덕을 견뎌주기만 하면 돼. 그것만으로도 행복이란 걸 몰랐던 이 늙은이에게 정말 많은 걸 주는 셈이야. 내가 네게 해주는 건 그에 비하면 아무엇도 아니야. 자, 이제 더 이상 두말할 것 없다. 트롯, 와서 뽀뽀해주렴. 내일 아침 식사 후에 '민사소송회관'으로 함께 가자꾸나."

다음 날 정오쯤 고모할머니와 나는 '민사소송회관'에 있는 '스펜로 앤드 조킨스 법률사무소'로 향했다. '스펜로 앤드 조킨스 법률사무소'의 열려 있는 현관문을 들어서니 서너 명의 서기들이 앉아서 무언가를 열심히 쓰고 있었다. 이들 중 빳빳한 가발을 쓴 한 사나이가 앉아 있다가 우리를 반갑게 맞아주더니 스펜로 씨의 사무실로 안내했다. 마침 스펜로 씨가 재판에 갔으니 잠시만 기다리라고 한 후 그가 밖으로 나갔다.

스펜로 씨의 책상 위에는 어마어마한 덩치의 서류 뭉치들이 쌓여 있었고 그 서류 뭉치마다 '진술서', '고소장', '감독 재판', '종교 재판', '위임 재판' 등의 무시무시한 말들이 씌어 있었다. '과연 이런 것들을 다 배우려면 돈이 많이 들겠구나, 하지만 영 재미가 없는 일은 아니겠다'라는 생각을 하며 서류 뭉치들을 바라보고 있는데 스펜로 씨가 들어왔다.

그는 금발의 키 작은 사람이었다. 그는 멋진 장화를 신고 있었으며 흰 넥타이를 하고 빳빳하게 풀을 먹인 셔츠 깃을 달고 있었다. 아주 단정한 차림새였다. 또한 어찌나 무거워 보이는 금시계를 차고 있었는지 시곗줄을 꺼내자면 팔이 정말 튼튼해야겠다는 생각이 들 정도였다.

미리 고모할머니가 내 이야기를 해두었던지 그는 나를 친절하게 맞았다.

그가 입을 열었다.

"그러면 코퍼필드 군, 우리들과 같은 사람이 되어보겠다는 거지? 우선 자네에게 이 일이 맞는지 한 달간 수습할 기간을 주겠네. 나로서는 두 달이고 세 달이고 주고 싶지만 조킨스라는 동업자가……."

내가 물었다.

"한 달간 수습 비용이 1,000파운드라는 말씀인가요?"

"등록비용등 모든 걸 포함해서 1,000파운드라네. 그런 일이라면 모두 조킨스 씨가 결정하는 일이라서…… 나도 어쩔 수 없다네."

나는 고모할머니의 돈을 조금이라도 아끼려는 생각에 그에게 용기를 내서 말했다.

"선생님, 만약 수습 일을 하면서 일을 잘하고, 또 대단한 전문가가 된다면 계약 말기에는 약간의 대우라도 해주는 게 관례가 아닌가요?"

그러자 스펜로 씨가 말했다.

"그건 안 되네, 코퍼필드 군. 나 혼자라면 어떻게 해볼 수 있겠지만 조킨스 씨가 워낙 고집불통이라서."

나는 그 지독한 조킨스라는 사람을 마음속에 떠올리며 불안해졌다. 그러나 나중에 실제로 만나보니 그는 과묵하고 온화한 사람이었다. 단지 그가 맡은 역할이 뒤에 숨어 있는 '무서운 인물'일 뿐이었다. 서기가 승급을 요구하면 거절하는 사람도 그였고, 의뢰인의 돈을 어김없이 걷어내는 사람도 그였다. 그리고 그런 결정을 남들에게 전하고 집행하면서 피를 토하는 것 같은 괴로운 심정을 토로하는 사람은 언제나 스펜로 씨였다. 내가 나이를 먹으면서 차츰 알게 된 일이지만 스펜로-조킨스 식으로 운영되는 법률사무소는 아주 많았다.

계약이 마무리되자 고모할머니와 나는 사무실을 나왔다.

링컨스인필드로 돌아오자 나는 고모할머니에게 이제 내가 다 알아서 할 테니 한시라도 빨리 댁으로 돌아가시라고 말했다. 당나귀가 잔디밭을 밟을지 모른다는 걱정에 싸여 1주일을 이곳에서 지냈으니 고모할머니로서는 정말 불안한 나날들이었으리라는 생각이 들었기 때문이다.

그러자 고모할머니가 말했다.

"그래, 내일이면 내가 런던에 온 지 꼬박 1주일이구나. 내가 생각해놓은 게 있단다." 그러면서 고모할머니는 신문에서 조심스럽게 오려낸 광고 한쪽을 내게 내밀었다. 가구가 딸린 셋방 광고였다.

"네게 꼭 맞는 방 같더라. 네 마음에 든다면 지금 당장 가보자꾸나."

나는 드디어 내 집을 가질 수 있다는 생각에 기쁨을 감출 수 없었다.

우리는 당장 광고에 나온 집을 찾아갔다. 방은 집의 맨 위층에 있었다. 부엌과 거실, 그리고 침실로 이루어진 아담한 아파트였다. 가구도 내가 쓰기에는 손색이 없었으며 창밖으로 템스강도 내려다보였다. 나는 거실 소파에 앉아 내가 이런 집에 살게 되다니 정말 꿈같은 일이라고 생각했다.

내가 그 집을 마음에 들어하자 고모할머니는 한 달간 계약을 했다. 더 있고자 하면 1년도 더 있을 수 있다는 조건이었다. 주인이름은 크럽 부인이었다. 크럽 부인은 고모할머니에게 나를 친자식처럼 돌봐주겠다고 약속하면서 자식이 새로 생긴 셈이라며 기뻐했다.

고모할머니는 한 달간의 수련 기간에 필요한 모든 것을 다 지불하고 마련해주었으므로 내게는 아무것도 불편할 것이 없었다.

나의 최초의 미친 짓

내 집이 있다는 것은 너무나 기분 좋은 일이었다. 그 높은 곳에 올라가 방문을 잠글 때면 로빈슨 크루소가 자기가 만든 성채로 들어간 후, 사다리를 치울 때와 같은 기분을 느꼈다. 주머니에 열쇠를 넣고 거리를 거닐면서 언제고 내 집에 사람들을 초대할 수 있다는 생각만 해도 기분이 너무 좋았다. 내 맘대로 아무 때나 오갈 수 있고 드나들 수 있다는 게 얼마나 신나는 일인지……. 그러나 바로 그 때문에 슬픈 일이 생기고야 말았다.

겨우 이틀 밤이 지났는데 나는 꼬박 1년을 산 것 같은 기분이었다. 그동안 스티어포스가 한 번도 나타나지 않아 나는 그가 병이라도 걸린 게 아닌가 생각했다. 이틀 후 찾아오겠다더니 어쩐 일이지? 나는 너무 궁금했다. 사흘째 되는 날 나는 일찍 사무실을 나와 하이게이트의 그의 집을 찾아갔다.

스티어포스 부인은 나를 반갑게 맞아주었지만 스티어포스는 집에 없었다. 그가 옥스퍼드의 친구와 함께 세인트알번스에 있는 다른 친구 집에 갔으며 내일이라야 돌아올 거라고 그녀는 말해주었다. 내게 오겠다는 약속도 잊고 그 친구들과 지내다니! 나는 그 옥스퍼드 친구들에게 질투를 느꼈다. 나는 내가 사는 집 주소를 알려주고 집으로 돌아왔다.

다음 날 아침 출근 전에, 커피를 마시고 있는데 놀랍게도 스티어포스가 불쑥 들어왔다.

"아, 형! 다시는 못 볼 줄 알았네. 형, 나랑 함께 아침 들자."

"안 돼. 호텔에서 친구들과 함께 아침을 들기로 했거든."

"그럼 저녁에 다시 올 거지?"

"그것도 어렵겠는데. 그들과 함께 있어야 해. 내일 아침 일찍 함께 떠나기로 했단 말이야."

"그럼 그 두 친구도 함께 데리고 오면 되잖아."

스티어포스는 잠시 생각하더니 그러겠다고 했다. 나는 신이 났다. 이 기회에 멋진 집들이를 하고 싶었던 것이다.

나는 멋진 파티를 위해 크럽 부인과 상의했다. 나는 부인의 말대로 모든 것을 결정했다. 부인은 시중드는 사내 한 명과 처녀 한 명을 고용해야 한다고 말했다. 그리고 갈비와 생선, 구운 닭 두 마리와 쇠고기 스튜 외에 파이와 젤리에 치즈와 샐러드까지 자기가 만들기도 하고 주문도 하자는 것이 부인의 의견이었다. 나는 부인의 의견대로 요리를 주문하고 포도주 가게로 가서 대량의 포도주를 주문했다.

이윽고 저녁이 되어 스티어포스와 그의 두 명의 친구가 내 집으로 왔다. 그들의 이름은 그레인저와 마캄이었다. 둘 다 쾌활한 친구들이었다.

우리들은 먹고 마셨다. 포도주가 계속 나오고 요리가 계속 나왔다. 술이 거나하게 들어가자 평소와 달리 내 혀도 술술 잘 돌아갔고 농담도 계속 나왔다. 스티어포스의 친구들은 내 농담에 맞장구를 치며 마음껏 웃었다.

나는 점점 더 빨리 포도주 병을 돌렸으며 계속해서 코르크 마개를 땄다. 나는 계속 스티어포스의 은혜는 하늘보다 높고 바다보다 깊다는 둥, 그를 정말 존경한다는 둥 떠들어댔다. 그러고는 "스티어포스를 위하여!"라고 외치며 수없이 건배를 했다.

모두 담배를 피웠고 나도 따라했다. 누군가가 내 침실 창문으로 몸을 내밀고 차가운 돌계단에 이마를 대고 바람을 쐬고 있었다. 가만 보니 그건 바로 나였다. 나는 스스로에게 "어이, 코퍼필드 군! 피울 줄도 모르는 주제에 왜 담배를 물고 있나?"라고 중얼거리고 있었다. 또 누군가가 비틀거리며 거울을 보고 있었다. 그리고 "되게 취했네"라며 혀 꼬부라진 소리로 손가락질을 했다. 그것도 바로 나였다. 두 눈이 멍청하게 풀려 있었다.

그때 누군가 "야, 연극 보러 가자!"고 제안했다. 눈앞에 있던 침실이 어느새 사라지더니 식탁 위에서 유리잔 부딪히는 소리가 났고 그레인저, 마캄, 스티어포스의 모습이 뿌옇게 눈앞에서 흔들거렸다.

어둠 속에서 문을 찾지 못해 더듬거리다가 겨우 밖으로 나갔고 누군가가 계단을 몇 단 남겨놓고 굴러떨어졌다. 누군가가 "코퍼필드야!"라고 소리를 지르기에 무슨 헛소리냐고 화를 내고 둘러봤더니 바로 내가 바닥에 나뒹굴고 있었다.

어쨌든 잠시 뒤 우리는 극장 상석에 자리 잡고 앉았다. 극장에 가득 찬 사람들이 그저 흐릿하게 보일 뿐이었다. 무대 위에서 사람들이 뭐라고 지껄이고 있었지만 도대체 무슨 소리인지 알아먹을 수 없었다. 극장 전체가 마치 헤엄을 치듯이 출렁거리고 있었다.

누군가의 제안에 우리는 귀부인들이 앉아 있는 1층 특별석으로 내려갔다. 나는 자리에 앉으면서 계속 알지 못할 말을 큰소리로 중얼거렸고 주위 사람들은 조용히 하라고 소리쳤다. 나는 그게 누구에게 하는 말인지도 알 수 없었다. 주변의 귀부인들은 화가 난 모습으로 나를 쳐다보고 있었다.

그런데, 도대체 어떻게 이런 일이! 아그네스가 바로 내 앞에 앉아 있는 것이 아닌가! 우리는 같은 관람석 박스에 있었던 것이다. 나를 바라보며 당혹해하던 그녀의 표정과 놀란 시선! 지금 더 또렷하게 떠오르는 그 모습!

나는 혀 꼬부라진 소리로 외쳤다.

"아, 아그네스! 아아, 아그네스!"

그러자 그녀가 말했다.

"쉿, 제발 조용히 해요. 다른 분들께 방해가 되니 무대만 보세요."

그래도 내가 조용히 하지 않자 그녀가 말했다.

"트롯우드, 제발 부탁이에요. 저를 위해서 바로 나가주세요. 친구들에게 집으로 데려다달라고 하세요."

그제야 나는 잠깐이나마 번쩍 정신이 들었다. 화도 나고 부끄럽기도 해서 나는 밖으로 나와버렸다. 친구들이 뒤따라 나와 나를 집까지 데려다주었고 스티어포스가 내 옷을 벗겨주었다. 나는 스티어포스에게 아그네스가 내 동생이라고 중얼거렸던 것 같다.

다음 날 정신이 들었을 때 나는 얼마나 부끄럽고 얼마나 후회가 되었던가! 돌이킬 수 없는 그 어리석은 짓들과 아그네스가 내게 보내던 그 눈길이 머리를 쥐어뜯게 만들었다.

도대체 그녀는 어떻게 런던에 오게 된 것일까? 그녀는 어디 묵고 있을까? 하지만 그 어느 것도 알아낼 방법이 없었다. 코를 찌르는 담배 냄새와 여기저기 널브러져 있는 술잔과 술병들은 내 속을 더 뒤집어놓았다. 여전히 머리가 깨지는 것 같이 아프고 구역질이 멈추지 않았다. 나는 그냥 이대로 죽고만 싶은 지경이었다.

선한 천사와 악한 천사

　　　　　미친 광기에 휩싸였던 그다음 다음
날 아침이었다. 여전히 마음이 뒤숭숭한 채 집을 나서려는데
심부름꾼이 「편지」 한 장을 가지고 올라오더니 내게 내밀었
다. 급히 열어보니 아주 간단한 내용이었다.

　　친애하는 트롯우드, 나는 아버지 대리인인 워터브룩 씨
　　댁에 묵고 있어요. 주소는 홀본의 엘리플레이스예요. 오
　　늘 나를 보러 한번 와주지 않겠어요?

　　　　　　　　　　　　　　　　　　아그네스로부터

나는 얼마나 반가웠는지 모른다. 게다가 내가 극장에서 부렸던 주책에 대해서는 한 마디도 쓰지 않은 것을 얼마나 고마워했는지 모른다. 나는 즉석에서 오늘 4시쯤 찾아가겠다고 간단하게 「답장」을 쓴 후 심부름꾼에게 건네주었다.

나는 3시 30분쯤 사무실을 나왔다. 약속한 장소까지 갔지만 선뜻 용기가 나지 않아 주위를 어슬렁거리다가 약속 시간이 15분 정도 지나서야 겨우 워터브룩 씨 댁의 벨 손잡이를 당길 수 있었다.

워터브룩 씨는 1층을 사무실로 사용하고 있었으며 2층을 사교적 목적의 응접실로 사용하고 있었다. 나는 2층으로 안내되었다. 그곳에서 아그네스가 나를 기다리고 있었다. 자책감과 부끄러움에 나는 고개를 들 수 없었다.

내가 그녀에게 말했다.

"아, 아그네스! 나의 그런 추태를 하필 당신에게 들키다니! 정말 죽고만 싶어요."

"자, 앉아요. 지난일로 그렇게 가슴 아파하지 말아요. 트롯우드, 나를 믿어요. 당신이 나를 믿지 않는다면 도대체 누구를 믿겠어요? 나도 당신을 믿으니까 걱정 말아요."

"오, 당신은 나의 천사요, 천사!"

내 말에 그녀는 약간 슬픈 듯한 미소를 띠며 말했다.

"정말 나를 그렇게 생각한다면, 한 가지 부탁할 게 있어요. 당신 주변의 나쁜 천사를 조심하세요."

나는 그녀가 누구를 말하는지 금방 알아차렸다.

"스티어포스 이야기를 하는 건가요?"

"맞아요. 트롯우드."

"아그네스, 잘못 본 거예요. 그가 나의 나쁜 천사라니요? 아니에요. 그는 내 인도자이면서 지지자이고, 내 오랜 친구예요."

그러자 아그네스가 내게 말했다.

"세상 물정도 잘 모르는 내가 당신에게 그렇게 단정적인 충고를 하는 게 어쭙잖게 여겨질 수 있다는 걸 나도 잘 알아요. 하지만 나는 당신 성격을 잘 알아요. 그리고 그가 당신에게 어떤 영향을 미쳤는지도 잘 알아요. 정말 진심으로 말하는 건데 그를 조심하세요."

진지한 그녀의 표정과 목소리는 내 마음을 크게 흔들었다. 그녀가 다시 말했다.

"물론, 당장에 그 사람을 향한 당신의 마음이 바뀌지는 않겠지요. 당신은 사람을 잘 믿잖아요? 그게 당신 장점이기도 하고요. 그러니 당장 마음을 바꾸려고 할 필요도 없어요. 다만 가끔 내가 해준 말을 생각해달라는 것뿐이에요."

잠시 가만히 있던 그녀가 느닷없이 우라이아를 만난 적이 있느냐고 내게 물었다.

"우라이아 힙 말인가요? 그가 런던에 있어요?"

"그래요. 매일 아침 아래층 법률사무소에 들러요. 무슨 좋지 않은 일인 것 같아서 불안해요. 내 생각에는 그가 아빠와 동업을 하려는 것 같아요. 그는 이제 아버지에게 없어서는 안 될 인물이 되었어요. 다 그가 꾸민 짓이지요. 그는 아버지 약점을 알고 그걸 더 부추기고는 그걸 이용했어요. 이제 아버지는 그를 두려워하시고 계세요.

그는 정말 교활해요. 입으로는 자신이 천하다, 아버지께 감사한다고 말하면서 아버지가 꼼짝 못하도록 영향력을 행사하고 있어요. 아주 힘이 막강해진 거지요. 저는 그가 그걸 악용할 것 같아 두려워요. 어쨌든 지금은 공동 경영을 하는 것으로 마무리되었어요."

"뭐요? 아버님 동업자요? 그 비열한 아첨꾼 녀석이 어떻게! 그런 개 같은 놈이!"

그를 함부로 욕하고 나자 속이 좀 후련해졌다.

그녀가 다시 말했다.

"하지만 우라이아를 보게 되더라도 친절하게 대해주세요. 그에게 화를 내지 마세요. 아직 그가 어떤 사람인지 확실히는 모르니까요. 아버지와 저를 생각해서 참아주세요."

그녀가 말을 마쳤을 때 문이 열리더니 워터브룩 부인의 거대한 몸집이 응접실에 나타나는 바람에 우리는 대화를 중단할 수밖에 없었다. 부인의 몸집이 정말 큰 것인지 옷이 큰 것인지 알 수 없을 정도로 치장이 요란했다. 부인은 나와 인사를 나눈 후 다음 날 만찬에 나를 초대했다.

나는 다음 날 만찬에 갔다. 문을 열자마자 양고기 삶는 김이 자욱하게 흘러 나왔다. 나를 맞은 주인 워터브룩 씨는 중년의 신사로서 목이 짧았으며 엄청 큰 옷깃이 달린 셔츠를 입고 있었다.

그런데 손님들 가운데 우라이아 힙이 있었다. 그는 검은 양복을 입고 무척 겸손한 태도를 하고 있었다. 내가 그에게 손을 내밀자 이렇게 먼저 인사를 해주어서 감사하다며 굽실거렸다.

그날 저녁 내내 그는 내 곁을 떠나지 않고 맴돌았다. 그런데 그가 묘한 인상을 보일 때가 있었다. 내가 아그네스와 말을 나눌 때마다 그는 얼굴을 찌푸리며 두 눈을 부릅떴던 것이다. 나는 '별일도 다 있군'이라고 생각하며 대수롭지 않게 넘겨버렸다.

손님들이 한 명 한 명 소개될 때마다 나는 잠깐 고개를 돌렸을 뿐 별로 주목하지 않았다. 그런데 "트래들스 씨가 오셨습니다"라고 하인이 말하는 순간 나는 내 귀를 의심했다. 세일렘 학교의 그 트래들스? 매일 크리클에게 매를 맞던 그 불쌍한 트래들스?

과연 그 트래들스였다. 그는 들어오자마자 어두운 구석으로 숨어들었기에 바로 만날 수 없었다. 나는 워터브룩 씨에게 트래들스에 대해 물었다.

"트래들스? 아주 좋은 친구지. 변호사가 되려고 공부하고 있는 젊은이야. 동업하고 있는 친구가 내게 소개했지. 적이라곤 없는 좋은 친구야. 올해 안에 뭔가 큰일을 하나 그에게 맡길 예정이지."

그에게 다가가려고 하는 순간 저녁 식사가 준비되었다는 말에 우리는 모두 아래로 내려갔다. 나와 트래들스는 떨어져

앉았기에 이야기를 나눌 수 없었다. 하지만 저녁 식사 후 나는 트래들스와 함께 2층의 아그네스의 방으로 올라갔다. 그는 나를 만나게 된 것을 무척이나 반가워했지만 여전히 수줍음이 많았다. 그는 옛날과 다름없이 상냥했으며 다정했다.

나는 그에게 아그네스를 소개해주고 스티어포스 이야기도 했다. 그는 반가워하며 열을 내서 스티어포스 칭찬을 했다. 나는 아그네스의 눈치를 살폈다. 그러나 그녀는 마치 트래들스의 이야기를 못 들은 듯 나만 바라보고 있었다.

하지만 그는 오랫동안 나와 이야기를 나누지는 못했다. 내일 아침 일찍 한 달 예정으로 여행을 떠나야 한다며 그는 일찍 자리를 떴다.

나는 다른 사람들이 모두 다 떠난 다음에도 남아서 아그네스와 이야기를 나누었다. 그런데 손님들이 모두 돌아간 것이 아니었다. 바로 우라이아가 남아 있었던 것이다. 그는 내내 우리 곁에서 떠나지 않았다. 이제 그만 집으로 가려고 아래층으로 내려왔을 때도 바로 뒤에서 따라왔고 집에서 나온 뒤에는 내 옆에 딱 붙어 있었다.

나는 그와 같이 있는 것이 싫었다. 하지만 그에게 친절히 대해달라는 아그네스의 말이 생각나서 예의상 말했다.

"우라이아, 혹시 우리 집으로 가서 커피라도 한잔하지 않겠어요?"

"아, 정말입니까, 코퍼필드 도련님? 아니, 코퍼필드 씨? 도련님이라는 말이 저절로 입에서 나오네요. 저와 같이 천한 놈을 데리고 가서도 되겠어요?"

"무슨 소리를. 자, 함께 가도록 합시다."

"가고말고요." 그가 습관대로 몸을 외로 꼬면서 말했다.

우리는 함께 내 집으로 갔다. 그는 소파에 앉아 무릎을 가지런히 모으고 모자와 장갑을 옆에 벗어둔 채, 숟가락으로 내가 준 커피를 계속 젓고 있었다. 그는 눈썹이 홀랑 타버린 것 같은 눈으로 나를 보지 않는 척하면서 내내 주시하고 있었다. 그의 움푹 팬 콧구멍은 숨을 쉴 때마다 벌렁벌렁했다. 그리고 턱에서 발끝까지 온몸을 배배 비틀었다. 이런 사내를 손님으로 맞이하다니, 나는 정말 불쾌했다. 아직 젊은 나는 그런 내 감정을 감출 줄도 몰랐다.

내가 불쾌한 감정을 드러내거나 말거나 그가 내게 말했다.

"코퍼필드 도련님, 아, 참 코퍼필드 씨, 제 신상에 큰 변화가 있을 거라는 이야기는 들으셨나요?"

"그래요, 조금은."

"코퍼필드 씨는 정말 예언자예요. 언젠가 제가 위크필드 씨의 동업자가 될 거라고 말씀하신 것 기억나세요? 위크필드 앤드 힙 사무실이 될 거라고 말씀하셨잖아요."

"기억나요. 하지만 정말 그렇게 되리라고 생각하지는 못했는데."

"저도 마찬가지였지요. 저같이 천한 놈이 어찌! 그런데 하나님은 저같이 천한 놈에게도 은총을 베풀어주시나봐요. 이제까지 위크필드 씨를 도와드렸고 앞으로도 그럴 수 있다고 생각하니 정말 너무 기쁘답니다. 그분은 정말 훌륭하신 분이지요. 하지만 좀 경솔하신 면이 있어서……."

"무슨 말이오? 그분이 경솔하다니."

그는 잠시 동안 아무 말이 없었다. 그는 커피를 홀짝거리며 방 안을 두루 살폈다. 마치 나의 재촉을 기다리는 것 같아 보였다.

"자, 말해보시오. 당신이나 나보다 수백 배는 더 훌륭하신 그분이 경솔하시다니, 도대체 그게 무슨 말이요?"

"정말입니다. 코퍼필드 도련님. 도련님, 앞으로는 저를 우라이아라고 불러주세요. 그게 훨씬 편하니까요. 도련님, 이건 도련님에게만 처음으로 해드리는 이야기입니다. 물론 자세한 말씀은 못 드리겠고 결론만 말씀드리지요.

단도직입적으로 말하자면, 만약 다른 사람이 제 자리에 있었다면 그는 2, 3년 내에 위크필드 씨를 자기 손아귀에 넣고 말았을 겁니다. 저처럼 그분께 감사할 줄 아는 사람이 어디 흔한가요? 정말 그분을 옴짝달싹 못하게 했을 거예요."

그러면서 그는 주먹으로 책상을 내리쳤다. 어찌나 세게 내리쳤던지 방 전체가 흔들릴 지경이었다. 그 순간 나는 그를 향한 강렬한 증오심이 치솟았다. 그가 두 발을 위크필드 씨의 머리 위에 올려놓고 있는 것 같은 느낌이 드는 것을 지울 수가 없었다.

그가 다시 조용하게 말했다.

"그래요, 바로 그겁니다, 코퍼필드 도련님! 제가 아니었다면 위크필드 씨는 온갖 손해와 치욕과 수모를 다 겪었을 겁니다. 그런데 제가 곁에 있으니…… 저는 그분을 구해주려고 만들어진 도구나 다름없어요. 그분이 잡일이나 하던 저를 높은 곳으로 끌어올려주신 것도 다 하나님이 정한 운명이지요."

그는 그 말을 하면서 지금도 거드름을 피우듯 말라빠진 턱을 쓸어내렸다. 지금도 또렷하게 기억나지만 그가 무슨 계략을 꾸미고 있다는 게 너무 분명해서 내 속이 부글부글 끓어올랐다.

그런데 이번에는 그가 정말로 내 속을 뒤집어놓는 이야기를 꺼냈다.

"저, 코퍼필드 도련님, 정말로 도련님에게만 하는 말인데요. 아그네스 말입니다, 그녀가 오늘 정말 예뻤다고 생각하지 않으세요?"

느닷없이 아그네스라니!

"그녀가 아름답다는 건 누구나 아는 사실 아닌가요?"

"감사합니다. 그렇게 말씀해주시니 정말 감사합니다."

"그게 어디 당신이 내게 고마워해야 할 일이오?"

"그게 그렇지 않습니다. 정말 도련님에게만 털어놓는 비밀입니다. 저는 보시다시피 비천한 놈입니다. 저의 어머니도 비천하고 사는 집도 정말 보잘것없지요. 그렇지만 이 비천한 놈의 마음을 온통 아그네스 양이 차지하고 있답니다. 저는 그녀를 정말 순수하게 사랑하고 있습니다."

이 무슨 청천벽력 같은 선언이란 말인가! 나는 빨갛게 달아오른 부지깽이로 놈의 몸뚱이에 구멍을 내고 싶은 충동을 느꼈다. 이 더러운 짐승 같은 놈이 그 신성한 아그네스를 더럽히려 하다니!

하지만 나는 아그네스가 한 말을 되새기며 꾹 참았다.

"그래, 당신 생각을 아그네스에게 말했소?"

"아닙니다. 그냥 생각뿐이지요. 저는 제가 아그네스의 아버지에게 얼마나 큰 도움을 주는지, 그분을 편하게 해드리기 위해 얼마나 애를 쓰는지, 그 모습만 보여줄 작정입니다. 그녀는 아버지를 깊이 사랑하니까 그 모습을 보면 저도 좋아하게 되리라고 기대하고 있습니다."

나는 순간 왜 그가 내게 그 이야기를 하는지 깨달았다. 그는 나에게 아그네스와 가까이하지 말라 경고한 것이다. 그는 내 생각을 확인해주듯 못을 박았다.

"도련님, 저의 비밀을 간직하신 채 말썽을 일으키지 않아주시면 감사하겠습니다. 제가 비천한 놈이란 걸 잘 아시고 반대하실 것 같아서요. 코퍼필드 도련님, 아그네스는 제 것입니다."

오, 맙소사! 그 누구보다 사랑스럽고 뛰어난 아그네스! 웬만한 사람은 도저히 그녀와 어울릴 수 없으리라는 생각을 늘 내게 심어주었던 아그네스! 그런 고결한 아그네스가 이런 비천한 놈의 아내가 되려고 지금껏 그 몸을 고이고이 키워왔단 말인가!

내가 하도 놀랍고 기가 막혀 아무 말도 못 하고 있자 그가 다시 말을 이었다.

"아무 말씀도 없으시니 동의해주신 걸로 알겠습니다. 저는 서두르지는 않겠습니다. 어머니와 제가 노력해서 신분을 높여야지요. 그런 후에 기회가 되면 제 포부를 아그네스에게 털어놓을 작정입니다. 도련님이 반대하지 않으시리라 생각하니 정말 큰 힘이 됩니다."

그러면서 그는 그 축축한 손으로 내 손을 힘껏 잡았다. 나는 차마 물리칠 수 없었다.

그가 내게 다시 말했다.

"아이고, 정신없이 떠들다보니 벌써 1시 반이 되었네요. 제가 묵고 있는 호텔은 이미 문을 잠가놓았을지도…… 저 실례가 되지 않는다면……."

　그날 밤 그는 내 집에서 잠을 자고 다음 날 아침 일찍 자기 호텔로 돌아갔다. 내가 밤새 뒤척이며 잠을 못 이룬 것은 물론이다.

데이비드 코퍼필드 Ⅰ

생각하는 힘: 진형준 교수의 세계문학컬렉션 31

펴낸날	**초판 1쇄 2018년 9월 20일**
지은이	**찰스 디킨스**
옮긴이	**진형준**
펴낸이	**심만수**
펴낸곳	**(주)살림출판사**
출판등록	**1989년 11월 1일 제9-210호**
주소	**경기도 파주시 광인사길 30**
전화	**031-955-1350** 팩스 **031-624-1356**
홈페이지	**http://www.sallimbooks.com**
이메일	**book@sallimbooks.com**
ISBN	978-89-522-3974-7 04800
	978-89-522-3986-0 04800 (세트)

책임편집·교정교열 **조경현 신유진**